ICH WILL

Erzählungen

Christiane Schönfeld

Mein Dank gilt allen Erwachsenen
und ihren Kindern, die mir
täglich ihre Individualität vor lebten.
Ging es nicht nach ihrem Kopf wurde ein
jedes auf seine Art zur
Herausforderung für die Eltern.

Christiane Schönfeld

Bibliografische Information der Deutschen Nationalbibliothek.
Die Deutsche Nationalbibliothek verzeichnet diese Publikation in der
Deutschen Nationalbibliografie;
detaillierte bibliografische Daten sind im Internet
über http://dnb.d-nb.de abrufbar

INHALT

Ein pfiffiges Kerlchen

Moment Mal, die Eltern mit dem Buben dort kenne ich doch? Die waren vor drei Stunden in dem großen Lebensmitteladen, in dem ich mir einiges für heute Abend zum Essen besorgte. Das Drama in dem Geschäft vergesse ich so schnell nicht. Wäre es nicht so traurig, könnte man darüber lachen. Sollte man aber nicht, wenn ein Kind absichtlich etwas mitnimmt und die Eltern decken es auch noch. Ja doch, das war nicht zu verkennen.

Der Kleine ist ganz schön gerissen. Hat er sich doch an den Spielsachen bedient, dann lautstark damit Kunden belästigt und zum Ärgernis anderer Kunden diverse Spielsachen in deren Einkaufwagen gelegt, während seine Eltern auf der Suche nach Lebensmittel sich nicht um ihn kümmern.

Die Beschwerden der Kunden an seine Eltern kommentieren sie mit: „Der spielt doch nur."

Na fein, das sehen die Verärgerten aber nicht so und machen ihrem Verdruss lautstark Luft: „Das ist eine bodenlose Frechheit. Man sollte die Polizei holen. „

„Angezeigt gehören sie. Jawohl. Mein Lebtag habe ich so eine unverschämte Antwort noch nicht erhalten", kann sich der recht große Mann, mittleren Alters sich nicht mehr beruhigen. Er hat noch einige Mitstreiter im Gepäck.

Derlei Aussagen prasseln noch viele auf die Eltern ein.

An der Kasse gibt es noch mal Ärger. Der Knirps hat doch tatsächlich diverse kleinere Spielsachen in seinen Hostentaschen versteckt und bahnt sich den Weg durch die Kasse zu. Das kann ja nicht gutgehen – die Hosentaschen quellen über von dem Versteckten. Der Alarm geht los und dann entsteht ein heilloses Durcheinander. Die Eltern scheren sich nicht drum. Mit ihrer Ware an der Kasse abgefertigt und in den Warenkorb gelegt, bewegen sie sich auf den Ausgang zu.

Eh? Was stellt das dar? Der Junge gehört doch zu ihnen. Wollen sie den hierlassen? Na ja, kann ja auch sein, das er selber Geld zum Bezahlen hat. Ist wohl eins der modernen Kinder, die alles selbstständig erledigen dürfen.

Der Bengel schreit plötzlich lauthals los und scheint nicht aufhören zu wollen: „Mama! Papa!. Helft mir, die fette Kuh hier an der Kasse will mich nicht durchlassen!"

Mit der Bezeichnung meint er nicht die Kassiererin. Nein. Eine ältere Dame, recht korpulent an Figur bietet ihm keine Möglichkeit an ihr vorbei zu kommen. Alles quetschen des Kindes nutzt nichts, da ist kein Platz für derlei Aktion. Einer von beiden muss sich notgedrungen vor oder zurück bewegen. Dem Anschein nach, nicht die

Dame. Ihre Waren auf dem Förderband werden als nächstes zur Kasse bewegt. Sie geht dem nach, ihre Geldbörse in der Hand wohl auch bereit gleich zu zahlen.

„Sag mal, du Rotzbengel. Erst willst du nicht deine Hosentaschen leeren, in denen du die geklauten Waren versteckt hältst und dann noch frech werden. Das wird ja immer schöner mit der heutigen Jugend."

„Ja, sehen sie sich doch seine Eltern an, da weiß man gleich mit wessen Schlag Mensch man es zu tun hat. Dabei kann ja nichts Vernünftiges an Kind herauskommen."

„Nein, wenn das noch zu Hitlers Zeiten passiert wäre, dem würden sie erstmal ordentlich den Hintern versohlen", mischt sich nun noch ein zierliches Persönchen von Frau, die gleich hinter dem Jungen steht, in die Beschimpfungen ein – sie ist kaum größer als er.

Da stimmt der Mann, scheinbar an Osteoporose leidend - seine Haltung leicht vornüber gebeugt drückt dies aus -, der ebenfalls in der Reihe vor der Kasse steht, ihr zu und meint noch: „Was für eine Jugend heute. Was denen fehlt ist ein Krieg, damit sie lernen, das ihnen die gebratenen Tauben nicht nur so in den Mund fliegen."

Derlei Aussagen hört man immer wieder mal von der Nachkriegsgeneration.
Das imponiert dem Bub nicht im Geringsten. Im Gegenteil, nun brüllt er noch lauter nach seinen Eltern.
Wahnsinn, welche Lautstärke Kinder entwickeln können. Ich bewundere vor allem ihre Ausdauer. Ein Erwachsener schafft das nicht, dann auch noch in der Tonlage.

Zur gleichen Zeit ertönt eine Durchsage über die Lautsprecheranlage: „Würden sich bitte die Eltern des schreienden Jungen an Kasse Nummer vier melden!"

Lange Rede kurzer Sinn. In all dem Tohuwabohu bequemt sich die Mutter zu erscheinen. Ihr Mann schiebt den Einkaufswagen weiter in Richtung Auto.

Weiter rechts der Kasse tritt eiligst der Geschäftsstellenleiter aus seinem Glaskastenbüro auf der gegenüberliegenden Seite des Ausgangs heraus. Die Bedienstete an der Kasse erklärt ihm kurz die Vorkommnisse.

„Herr Hartl, die Kunden behaupten das Kind hier hat den Alarm ausgelöst. Ebenso sind sie sicher, dass er auch seine Hosentaschen mit Diebesware vollgestopft hat."

Indes erreicht die Mutter die Kasse und empört sich „Wie können sie es wagen, meinem Buben den Weg zu versperren. Haben Sie keinen Anstand?"

Noch bevor jemand ihr antworten kann, wendet sie sich zu den anstehenden Leuten hin, die in der Reihe zur Kasse anstehen und giftet weiter: „Ihr alten Veteranen nehmt eure Schachteln an der Hand. Passt auf, das ich sie nicht noch wegen Verleumdung anzeige."

Die empörenden Antworten sparen wir uns. Teilweise sind sie nicht ganz stubenrein. Man sollte nicht meinen, dass harmlose Bürger solch einen Wortschatz pflegen.

„Meine Dame, würden sie mir bitte ihren Einkaufsbeleg vorzeigen und ihre Ware?" fordert der Filialleiter seinerseits die Mutter des Jungen auf.

„Was wollen sie von mir? Wir haben unsere Ware bezahlt. Die lädt mein Mann gerade in´s Auto."

„Tut mir leid, aber ich muss ihren Einkauf checken. Schließlich wurde der Alarm von ihnen ausgelöst."

„Das stimmt nicht. Wir waren schon an der Ausgangstüre, dann löste jemand den Alarm aus."

„Ja, das kann ich bestätigen", mischt sich nun eine Frau in das Gespräch ein, sie sitzt vorn in der Bäckerei bei einer Tasse Kaffee.

„Da! Da sehen sie es! Wir haben alles ordentlich bezahlt. Uns als Diebe bezeichnen, das ist eine bodenlose Frechheit! Sie."

„Sie wurden nicht als Diebin bezichtigt. Ich bat sie lediglich um den Kassenbon. Den möchten wir nun checken. Geben sie mir bitte den Kassenbon. Frau Kröger hier weiß was sie hatten und muss nun eine Kontrolle durchziehen. Wenn sie alles bezahlt haben, dürfte es ihnen ja wohl nichts ausmachen. Nicht wahr? Oder doch? Dann müssten wir sie bitten das Eingekaufte nachzuweisen. Notfalls indem wir gemeinsam zu ihrem Auto gehen."

Notgedrungen reicht sie ihm den Einkaufsbeleg.

Auf Anweisung ihres Chefs checkt die Kassiererin den Einkaufsbeleg mit dem Kassenabschnitt durch. Der ist korrekt und beweist, sie hat den Alarm nicht ausgelöst.

„Sehen sie? Ich habe es ihnen doch gesagt. Wir sind keine Diebe. Mein Sohn und auch wir nicht." Triumphierend und mit einem bitterbösen Blick schaut sie sich zu den Gaffern um. Dieses Spektakel hat einige Schaulustige von draußen herbeigelockt.

„Was glotzt ihr sensationshungrig? Habt ihr nichts Besseres vor?" Die kommen ihr gerade richtig.

„Jeremias! Komm wir gehen", ruft sie ihren Sohn, in der Meinung er steht hinter ihr. Keine Antwort. Sichtlich nervös schaut sie sich nach allen Seiten um. Er ist nicht zu sehen. „Jeremias! Wo bist du?"

Aller Augen wenden sich dem hinteren Kassengang zu. Wo ist er?

Den Knaben, der geradewegs aus dem Verkaufsraum – unbemerkt war er dort in der Zwischenzeit kurzzeitig verschwunden – sich schiebend und quetschend an der korpulenten Frau durch den Kassengang vorbeischlängelt ohne den Alarm erneut auszulösen, beachtet momentan keiner. Alle waren zu neugierig auf das Ergebnis der Kontrolle seiner Mutter. Leider wurde ihre Neugier nicht befriedigt, da ja alles korrekt abgerechnet wurde.

Er schafft es bis zu seiner Mutter vor, da reagiert der mit Osteoporose behaftete Mann: „Halt! Der Junge. Er hat die Taschen voller Spielsachen. Kontrollieren sie den."

„Entschuldigen sie, der Junge hat keinen Alarm ausgelöst. Der kann nichts versteckt haben." Weist der Filialleiter ihn zurecht.

„Doch! Vorher hatte er beide Hosentaschen voller Waren und so den Alarm ausgelöst." Sich zu den nachfolgenden Kunden umgedreht, erwartet er Zustimmung."

„Ja! Das stimmt. Die waren übervoll. Aus einer Hosentasche fiel ihm fast ein Spielzeugauto heraus, das hat er schnell zurückgeschoben." Die piepsige Stimme des kleinen Persönchens ist kaum zu verstehen.

„Komm her Jeremias. Leere bitte deine Taschen aus. Wir wollen heute noch nach Hause."

„Aber Mama!" protestiert Jeremias mit einem absolut bühnenreifen Gesichtsausdruck der „ich hab nichts getan" sagen soll, „seht her, da ist nichts drin." Resolut schiebt er beide Hände linker und rechter Seite in die Hosentaschen, zieht das Futter Stück für Stück hervor und schaut sich triumphierend in der Rund um.

Was für ein pfiffiges Kerlchen, hat der die Spielsachen heimlich zurückgebracht? Oder in der Nähe in einem Regal abgelegt? Genau hab ich das nach Auslösen des Alarms nicht beachten können. Nur, das er während der Alarm ertönte, sich rasch umdrehte und zurück im Verkaufsraum verschwand.

„Sehen sie? Mein Junge hat nicht geklaut. Der hat so etwas nicht nötig. Er hat immer genug Geld zum Bezahlen."

„Entschuldigen sie bitte das Missverständnis. Wir sind bei Alarm zu dieser Maßnahme verpflichtet. Selbstverständlich können sie nun unbehelligt das Geschäft verlassen. Beehren sie uns wieder." Leicht fällt dem Filialleiter die Entschuldigung nicht, das sieht man ihm an. Was soll er machen? Die Kundenaussagen waren eindeutig. Sein Job ist auch nicht leicht, bedenkt man das heutige Vorkommnis.

„Ob ich ihr Geschäft noch mal betrete, bezweifle ich sehr", so die Frau, „meinen Sohn als Dieb hinzustellen ist ja wohl das letzte. Eine Unverschämtheit die seinesgleichen sucht ist das."
Sie wendet sich nochmals zu den nachfolgenden Kunden hinter der Kasse und giftet los: „Diese alten

Schwadroneure, die vor Langeweile nicht wissen was sie den lieben langen Tag anfangen sollen, dürfen Leute als Diebe bezichtigen. Wer sagt denn, dass sie nicht selbst Diebesgut bei sich haben? Auf ein unschuldiges Kind schieben, nur weil der Alarmauslöser sie erwischte. Die sollten sie mal gründlich kontrollieren. Wahrscheinlich haben sie das Geklaute schnell verschwinden lassen, während sie auf meinem Jungen loshackten. Diese boshaften Alten sollten sie in ein Altersheim einsperren!"

Jetzt bricht ein heilloses Durcheinander an empörten Stimmen aus. Erst schreit der eine seine Empörung hervor. Darauf folgt die Stimme der korpulenten Frau, die vor lauter Aufregung aus der Fassung gerät und bis zu den Haarspitzen rot anläuft: „Was erlauben sie sich? Ihr Junge hatte beide Hosentaschen vollgestopft und das wahrscheinlich schnell versteckt. Ich sah wie er nach dem Alarm um die Süßigkeiten Regale verschwand. Dort hat er bestimmt alles versteckt. Da sollten sie mal nachschauen." – Wenn die sich weiter so aufregt, besteht die Gefahr eines Herzinfarktes. Man sollte das Handy sicherheitshalber auf Start bereithalten.

„Meine Dame. Bitte. Beruhigen sie sich doch. Es ist alles abgeklärt. Niemand hat irgendetwas eingesteckt."

Sich an die anderen Kunden wendend beschwichtigt er sie mit den Worten: „Alles ist in Ordnung. Niemand wird irgendeines Vergehens bezichtigt. Die Frau hat es bestimmt nicht so gemeint, wie es geklungen hat. Lassen sie unsere Frau Kröger bitte weiter arbeiten."

„Sie! Nichts ist in Ordnung!", keift jetzt einer der

Wartenden lost, „die Frau hat uns alle beleidigt. Wir wollen die Polizei hier haben. Die werden wir anzeigen!" Unterstützung von den anderen Kunden erwartend, wendet er sich ihnen zu.

„Na ja. Das stimmt schon. Aber die Polizei? Muss das sein? Die Leute sind es doch nicht wert, das man sich so aufregt. Das sind halt Asoziale, da kann man nicht anderes erwarten." Zwar empört aber nicht gewillt hier so lange aufgehalten zu werden, legt der Mann seine Ware mit Nachdruck auf das Förderband.

„Recht haben sie. Diesen Leuten sieht man ihre Herkunft schon von weitem an. Was kann man da schon erwarten", pflichten ihm die anderen bei. Froh über die Lösung, bekunden sie ihr Einverständnis durch ein zustimmendes Nicken.

„Frau Kröger, fahren sie mit dem Kassieren fort", weist sie der Chef an und eilt in sein Büro zurück.

Allerdings. Heißt es nicht, wer einen Alarm auslöst, kommt nicht weit? Versucht er es nochmal, löst er automatisch den Alarm erneut aus. Dies solange, bis durch das Einscannen an der Kasse die Ware als entsichert erkannt wird.
Wie hat er das geschafft? Ist ein Kind in dem Alter schon so raffiniert, das er bewusst die Sachen zurückbringt?
Bedenkt man die Umstände und den ganzen Trubel, dann ist er anfangs nur bis zum Signal-Auslöser gekommen. Der wurde zwar ausgelöst, jedoch muss der Bub sich spontan noch in der Lichtschranke umgedreht haben. Das verhindert ein doppeltes Auslösen in gleicher Aktion.

– Diese Erfahrung berichtete einst eine meiner Bekannten. Sie arbeitet als Kassiererin in einem Supermarkt. Scheint demnach zu stimmen. Oder? Ausprobieren um die absolute Gewissheit darüber zu erlangen, kann ich mir verkneifen. Ebenso das Einmischen in das Geschehen vor Ort.

Nun, der Story Ende: Die Mutter durfte mit ihrem Sohn das Geschäft als ehrenwerte Frau verlassen. Ihren Mann schien dies nicht zu interessieren, denn er ließ sich während der ganzen Aktion nicht blicken.

Diese Begebenheit ist Ungewöhnlich aber wahr.

Listiges Früchtchen

Der Bub des jungen Ehepaares am Selbstbedienungsstand für Bonbon schreit unaufhörlich. Das hält ja keiner auf Dauer aus. So denkt wohl auch der junge Mann, der hinter der Familie ansteht.

Er bückt sich zu dem Buben herab und meint mit bestimmenden Ton: „Hey, Kleiner, wie wär es denn, wenn du mal die Klappe hältst?" Dabei greift er nach vorne und schaut im selben Moment die Mutter des Buben an.

Die hält auf dem einen Arm das zappelnde Baby und versucht verzweifelt mit der anderen Hand, in der sie die Schaufel hält, Bonbons aus dem Behältnis zu hangeln. Bei der Ansage des Mannes dreht sie sich um.

Oh, oh. Wenn Blicke töten könnten. Die Augen der Frau bezeugen, dass sie ihn gleich am Kragen packt. Was erdreistet er sich auch ihren Jungen dermaßen dreist zu maßregeln?

Oder?

In dem Moment langt der Mann die Klappe des Bonbonkastens an, öffnet diese weit nach oben, hält sie fest und schaut den Jungen belehrend an: „Siehst du? Wenn du die Klappe festhältst, hat deine Mutter eine Hand frei und kann deine Bonbontüte schneller befüllen.

Und vor allem hast du keinen Grund mehr den ganzen Laden zusammen zu schreien."

Schau, schau. So hat er das mit der *Klappe halten* gemeint. Dem Bürschchen imponiert es nicht im Geringsten. Er schüttelt störrisch den Kopf. Soll wohl so viel wie „Ich will nicht" ausdrücken.

„Na?" Verkündet der trotzige Blick in seinem Gesicht was Gutes? Bestimmt nicht.

Richtig!

Seine Augen, bis aufs Minimum zusammengekniffen, schauen nun giftig drein. Wie er durch die kleinen Schlitze noch was sehen kann ist mir schleierhaft.

Dann wiederum? Bedenke man die asiatische Menschenrasse, die sehen ja auch so gut wie wir. Zumindest tragen die prozentual berechnet nicht mehr Brillen als wir.

Mit Drohgebärden schreitet er Racheengel gleich auf den Mann zu. Theatralisch stützt er seine Hände mit geballten Fäusten in den Hüften und wiegenden Schrittes geht er langsam auf den Mann zu. Seine Augen fixieren ihn, gleich einem Hypnotiseur. Von Schritt.. zu... Schritt... bemüht er sich eine imposante Haltung zu wahren. Seine Mimik im Gesicht unterstreicht er durch einen verkniffenen Mund. - Der Bengel schaut zu viel Fernsehen. Die Fiesen in den älteren Cowboyfilmen gehen so einher und legen so ein Gesicht auf.

Vor ihm stehend, reckt er sich noch etwas mehr, und noch etwas mehr. Was hat er vor?

Das lässt nicht mehr auf sich warten. Blitzschnell, einem Blitz nachgeahmt, hebt er seinen linken Fuß und „Zack" tritt er dem Mann mit all seiner Kraft, indem er den Oberkörper dem Fuß kräftig hinterher schiebt, auf dessen Fuß.

Das war heftig!

Was nicht erkennbar war: wie hat er ihn getreten? Mit vollem Fuß oder gezielt mit der Hacke?

Wie reagiert die Mutter? Im Moment nicht.

Wie reagiert der Mann? Völlig desinteressiert.

Das kann ja lustig werden.

Erst einmal passiert nichts.

Ein, zwei Sekunden scheint alles im Laden stehen geblieben zu sein. Niemand wagt zu atmen. Abgesehen von den üblichen Geräuschen im Geschäft herrscht absolute Funkstille.

Dann, oh Wunder, lachen beide Elternteile los und meinen: „Das war super gekontert."

Die Mutter bückt sich mit dem zappelnden, doch sehr ruhigen Baby im Arm, zu ihm runter, streicht ihn zur Belobigung mehrmals über den Kopf und meint: „Recht so, Hannes."

„Na, wenn sie meinen", gibt der Mann grinsend von sich und...? Und...?

Jawohl!

Richtig so!

Er hebt kurz seinen Fuß und gibt dem Jungen eine Retourkutsche.

Jede Wette, das das kein zärtlicher Tritt war und löst prompt ein Protestgeschrei – die Kunden halten sich dabei die Ohren zu. Auch die Alten - bei dem kessen Kerlchen aus.

Hoffentlich fällt die Oma am anderen Ende der Stadt nicht aus ihrem bequemen Sessel während ihres Mittagsschläfchens.

Das... kann er gut: BRÜLLEN. Ergibt die Note eins.

„Sind sie verrückt? Sie können unserem Jungen doch nicht auf den Fuß treten!" schreit ihn der Vater an. Die Lautstärke seines Sohnes erreicht er nicht.

„Wieso nicht? Sie meinten doch gerade, ihr Bursche hat damit gut gekontert."

„Spinnen Sie? Das ist noch ein Kind!" Jetzt tönt seine Stimme noch lauter. Ja, regelrecht aggressiv.

„Sehen sie es als Schulmeisterei an. Lernt er jetzt nicht das jemandem weh tun Konsequenzen nach sich zieht, was soll dann mal aus ihm werden?"

„Sie haben meinen Jungen nicht zu erziehen!" brüllt jetzt die Mutter los. Eine Oktave höher und ihre Stimme gerät in Gefahr zu kippen. Fragt sich in Richtung der Hoch- oder Tieflage.

Spätestens jetzt wissen die Kunden, von wem der Bengel das Brüllen gelernt hat.

„Sie tun es ja nicht, und ich lasse so ein ungebührliches Verhalten nicht durchgehen. Er tritt mich, ich trete ihn. So einfach ist das. Wenn sie mich jetzt entschuldigen, ich habe noch was zu erledigen."

Sagt es und geht.

„So eine Frechheit! Ich zeige sie an! Bleiben sie gefälligst stehen! Ich will ihre Personalien haben!" Der Vater ist kurz vorm Platzen.

Im Weitergehen und ohne sich um zu drehen, hören die Umstehenden seine Antwort: „Vergessen sie es." Ungerührt der ärgerlichen Eltern, geht der couragierte Mann weiter dem Gang entlang.

„Was denkt der unverschämte Kerl denn, wer er ist? Unseren Jungen so zu treten."

Die Mutter wendet sich ihrem Mann zu und blafft ihn nun an: „Warum hast du ihn nicht festgehalten? Warum lässt du ihn gehen? Der muss angezeigt werden. Der…!" Holt sie noch mal Luft?

Ihr Mann lässt sie nicht weiter ausholen: „Verdammt, halt deine Klappe. Er ist um einiges stärker als ich. Da hätt ich den Kürzeren gezogen. Und außerdem, warum hast du ihn dann nicht festgehalten?"

„He?" ratlos schaut ihn seine Frau an.

Beide Eltern sind so wütend, sie bekommen nicht mit, dass ihr Junge kleinlaut geworden ist; das aus gutem Grund. Er nutzt die Unaufmerksamkeit seiner Eltern und bedient sich fleißig aus dem Bonbonkasten um diese sofort in seinen Hosentaschen verschwinden zu lassen. Dessen noch nicht genug, schleicht er sich zu der Patisserie Abteilung gleich nebenan und taucht ab.

Um zu sehen, was er jetzt veranstaltet, rücke ich von meinem Platz aus um einiges nach links weg. So. Da ist er ja. Ach du Schreck. Das geht ja nun überhaupt nicht. Er wirbelt sämtliche Schokoladenpralinen durcheinander. Von einem Haufen auf den nächsten und weiter so.

Reicht ihm der bisher verursachte Ärger immer noch nicht aus? Kennt er keine Grenzen?

Diese Aktion beobachtet die Verkäuferin des Bistros, der wiederum am anderen Ende der Patisserie seinen Platz erhielt.

Entrüstet geht sie zu dem Jungen, ergreift ihn an den Schultern und hält ihn davon ab, weiteren Schaden anzurichten.

Noch nicht genug des Unfugs, rächt er sich postwendend.

„Hey Alte, du darfst mich nicht festhalten." Seinen Worten lässt er Taten walten. Rasch dreht er sich voll zu ihr um und wischt seine mit Hände, voll mit Schokolade beschmiert, an ihrer Uniform ab.

„Igitt!" kreischt sie auf und hüpft entsetzt zur Seite.

„Hach, Tante. Das macht Spaß", jauchzt er und folgt ihr auf dem Fuß. So geht es ja auch nicht, schließlich sind die Hände noch nicht ganz sauber. So seine Meinung, denn er rennt der davon eilenden Frau munter hinterher. Ihr Kreischen törnt ihn wohl an, sie weiter zu traktieren. Er schafft es, ihr auch den Rest von Schokolade an seinen Fingern, nun allerdings auf der Rückseite, zu verpassen.

„Schaust du lustig aus", amüsiert er sich und geht, mit Blick auf seine Hände, die seiner Meinung wieder sauber sind, seelenruhig zu seinen Eltern zurück.

Jetzt! Das konnten doch selbst seine Eltern nicht überhören, stoppen sie ihre Streitigkeiten um *wer Recht hat und wer nicht*. Sie drehen ihre Köpfe den neuen Geschehnissen zu. Den Rest der Kampagne ihres Hannes bekommen sie wohl noch mit, finden es lustig und lachen nun lauthals los.

Die Menschen ringsherum stehend, teils belustigt, teils verärgert, machen ihrer Unbill nun Luft, und das massiv.

Besonders ein älterer Herr, der Newcomer bei den Schaulustigen, macht seinem Ärger nun Luft: „Sagen sie mal. Haben sie ihren Jungen nicht im Griff? Den sollten sie mal tüchtig über das Knie legen!"

„Wenn das meiner wäre, na der könnte was erleben!" Stimmt ihm die Dame rechts von ihm zu.

„In eine Erziehungsanstalt gehört der. Jawohl!" Tönt die greise Dame in ihr Horn.

„Was ist denn das für ein diebischer Bengel?" Der Kommentar ertönt von einem schüchternen Muttchen, die sich wohl durch stärkere Menschen ermutigt fühlt, ihrer Meinung Luft zu machen. Bisher wurde sie übersehen. Sie jedoch das Geschehen nicht.

„Was reden sie denn für Blödsinn, unser Junge stiehlt nicht!" Oh je, der Vater wird jetzt richtig sauer. „Sehen sie doch, er steht nur da und kann immer noch nichts vor Schmerzen sagen. So hart hat ihn der Mann zuvor getreten." Voller Überzeugung sagt er dies.

Der Bursche ist für sein Alter, schätzungsweise sechs Jahre, ganz schön raffiniert. Mit unschuldigem Blick und einer Kullerträne in den Augen schaut er treuherzig zu ihnen auf. Was für ein smarter Kerl.

„Er hat gestohlen und ich werde jetzt unseren Kaufhausdetektiv rufen." Klagt die Verkäuferin.

„Was wollen sie? Sie können doch ein Kind nicht der Polizei vorführen?" wettert der Vater los.

„Da haben sie ausnahmsweise Recht. Nicht das Kind sondern sie! Sie sind für ihn verantwortlich."

„Ja? Hier ist Luise aus der Süßigkeiten Abteilung. Kommen sie bitte her, hier ist ein kleiner Junge der gestohlen hat."

„Was?" Kurzes zuhören.

„Ja, die Eltern sind dabei."

„Wie? Ja, ich warte."

„Was soll das Theater? Unser Hannes hat nicht gestohlen!" Er sollte sich besser beruhigen, sein Tacho steht auf überschlagen, beachtet man die langsam aber stetig ansteigende Röte in seinem Gesicht.

„Warten wir auf den Detektiv, der wird alles klären. Und so lange bleiben sie hier." Um mit diesem Mann fertig zu werden, sollte sie allerdings an einem „Selbstsicherheit" Fortbildungskurs teilnehmen. Ihre Stimme überzeugt nicht besonders.

„Vergessen sie es, wir gehen jetzt!" Erbost packt er seine Frau und den Jungen am Arm und fordert sie auf, mit Nachdruck zerrend, mitzukommen.

„Nein, das werden sie nicht tun", mischt sich nun der Detektiv ein, der das Spektakel zuvor schon mitbekam. Unbemerkt von den Eltern trat er aus der hinteren Einkaufsreihe heran. Seine Miene verkündet nichts Gutes. So viel steht fest.

„Sie glauben diesen Blödsinn? Schauen sie doch meinen Hannes an, der hat nichts in den Händen", entrüstest sich die Mutter.

„Herr Mibelanski, schauen sie in die Hosentaschen des Jungen, die hat er mit Bonbons vollgestopft", klärt ihn die Verkäuferin auf.

„Ja, und in der Patisserie hat er eine Sauerei veranstaltet, das haut dem Fass den Boden aus. Die Pralinen können wir nicht mehr verkaufen. Wer soll denn die Schweinerei dort in Ordnung bringen?"

Sie kann sich nicht beruhigen und berichtet weiter: „Sehen sie sich nur meine Uniform an, die hat er über und über mit seinen Schokoladenfingern beschmiert."

„Warum das denn?" Scheinbar hat der Detektiv doch nicht alles mitbekommen, was der Junge hier veranstaltet hat.

Zu einer Antwort kommt sie nicht.

„Spinnen sie? Mein Junge war gar nicht in der Abteilung, er stand brav neben mir während diese Unverschämte – damit zeigt die Mutter auf die Dame aus der Bonbon Abteilung – Frau behauptet er hätte gestohlen."

„Jawohl", unterstützt ihr Mann sie in ihrer Behauptung, „Unser Junge war die ganze Zeit bei uns."

„Das können wir oben in meinem Büro klären", beschwichtigt sie Herr Mibelanski und nimmt den Jungen konsequent an der Hand: „Du kommst auch mit." Der will nicht. Absolut nicht. Er zerrt und zerrt. Ohne Erfolg. Der Detektiv hat ihn voll im Griff

„Lassen sie meinen Jungen los. Ich rufe die Polizei", kreischt die Mutter nun los.

„Das ist mir recht. In der Zwischenzeit muss ich sie bitten, mir nach oben in mein Büro zu folgen", spricht er den Vater an und geht mit dem Jungen immer noch an der Hand, voraus.

„Das können sie vergessen", der Vater gerät in Panik und hält seinen Jungen fest, „wir verlassen dieses Geschäft und werden hier nie wieder einkaufen."

„Ja. Dafür sind wir uns zu schade", pflichtet ihm seine Frau bei. Sie ist voll seiner Meinung.

Sofort lässt der Detektiv ihn los. Die Verletzungsgefahr für den Jungen ist zu groß, so wie sein Vater an ihm zerrt.

„Sie verlassen dieses Geschäft nicht, bis ich die Polizei gerufen habe und diese hier eintritt. Dann können sie sich auf eine Anzeige gefasst machen."

„Abgesehen das mein Junge nichts gestohlen hat. Sie können doch ein kleines Kind nicht anzeigen. Spinnen sie total?" Die Entrüstung der Frau klingt echt.

„Nicht sie werden die Polizei rufen. Ich tue das selber."

Mit Verzweiflung in der Stimme brüllt ihn der Vater an.

Wird er es wahrmachen? Die Polizei selbst anrufen? So dumm kann er doch nicht sein. Damit handelt er sich eine Anzeige wegen Aufsichtspflicht dem Kind gegenüber ein. Soviel steht fest.

In der Zwischenzeit kommen und gehen die Kunden. Einige entrüsten sich und vertreten die Meinung der Eltern während andere dem Detektiv Recht geben.

Sehe ich sie mir an, es sind nur wenige von dem Spektakel zuvor noch dabei. Lauter neue Gesichter. Die können doch nichts gesehen haben. Allem Anschein nach urteilen sie nur nach dem Gehörten.

„Lassen sie doch das Kind los. Es kann doch nichts dafür wenn die Eltern ihm keine Erziehung zukommen lassen."

„Was sind das für Eltern, die ihrem Jungen das Stehlen erlauben?" Die elegante Dame fühlt sich erhaben, diese Frage zu stellen.

„Können sie ihren Jungen nicht erziehen? Also wirklich, man sollte sie mal zur Eltern-Schule schicken, um das zu lernen. Aber dazu haben sie wohl keine Zeit."

„Hören sie doch mit dem Quatsch auf. Was soll das denn bringen. Der Junge kann das eh nicht zahlen und sie sparen sich einen Haufen Verwaltungskosten." Klingt nicht unlogisch, was der Mann da von sich gibt.

Es ist immer wieder schön, die Meinungen der Menschen zu hören, die nichts mitbekamen aber sich doch erdreisten Partei zu ergreifen. So kommt es, dass Unschuldige bezichtigt werden und Schuldige weiter ziehen können. Welcher Richter soll sich da noch in der Rechtsprechung auskennen? Sind da noch Aussagewillige, die zwar nichts hörten es aber als Gehörtes behaupten, ist die Verwirrung perfekt.

Trotz aller Verwirrungen mische ich mich da nicht ein. Der entstandene Schaden rechtfertigt den Ärger, den ich mir damit einhandeln kann, bei weitem nicht.

Wem soll es nutzen?

Dem Geschäft? Die verkraften den Verlust, wenn er auch indirekt über den Preis an den Kunden weitergereicht wird.

Der Detektiv lässt sich davon nicht beirren: „Luise, rufen sie die Polizei. So kommen wir nicht weiter."

„Ist recht, Herr Mibelanski." Der Anruf erfolgt sofort.

Verzweifelt schnappt sich der Vater nun den Jungen, indem er ihn hochhebt und seine Frau auffordert ihm zu folgen. Das Geschäft wollen sie schnellstmöglich verlassen.

„Sie bleiben hier!" stellt sich der Detektiv ihm in den Weg. „Wir warten hier auf die Polizei oder sie folgen mir in mein Büro. Was anderes kommt nicht in Frage."

„Was wollen sie tun? Mich festhalten? Das dürfen sie nicht. Dann zeige ich SIE an."

„Da befinden sie sich im Irrtum. Auf Grund eines Diebstahls darf ich sie festhalten bis die Polizei eintrifft."

„So? Das wollen wir ja mal sehen!" Sagt es und will gehen.

Das verhindert der Detektiv, indem er ihn am Arm packt und am Verschwinden hindert.

„Sie! Lassen sie mich los. Ich rufe gleich die Polizei, dann kommt eine Anzeige auf sie zu!" Er scheint sich sicher zu sein, der erbosten Stimme nach zu urteilen.

Mittlerweile kommt die Polizei hinzu. Sie sind dem Kaufhausdetektiv bekannt.

Neue Spekulationen wie „wer hat was" oder „darf er das" und einige mehr werden aufgestellt.

„Was ist hier passiert?" Dem Rangabzeichen an seiner Uniform nach ist es der Hauptkommissar.

„Herr Kommissar", legt der Vater gleich los, „der dreiste Herr dort hat meinen Buben am Arm gezerrt und bezichtigt, gestohlen zu haben."

„Ja, und ich kann das bezeugen", mischt sich seine Frau, im Bestreben ihn zu unterstützen, ein.

„Moment mal. Wollen sie die Angelegenheit hier im Gang abwickeln oder haben sie ein Büro?" Mit dieser Frage wendet sich der zweite Polizist an den Detektiv.

„Gehen wir in mein Büro. Wenn sie mir in den ersten Stock folgen wollen." Mit einladender Geste weist er der Obrigkeit den Weg.

„Gut. Dort klären wir alles ab, soweit es möglich ist. Die nötigen Formalitäten können wir ebenfalls erledigen." Die Beschuldigten bittet er ihm zu folgen.

„Muss das sein?" So richtig einverstanden ist der Vater nicht. Langsam dämmert es ihm wohl was da auf seine Familie zukommt.

Beobachte wie weiter hinten im Gang der junge Mann von vorhin stehen geblieben ist und interessiert dem Geschehen zugehört hat.
Kommt er zurück? Nein. Entscheidet sich wohl nicht einzugreifen und marschiert dem Ausgang entgegen.
Halt! Er dreht sich noch mal um.
Ach nein, hat wohl etwas anderes im Sinn. Kurzentschlossen marschiert er auf die Ausgangstür zu, im Begriff das Geschäft zu verlassen.
Schade, hätte dem Geschehen hier etwas mehr Pep gegeben. Immerhin lernte er ja die Gerissenheit des Knaben zuvor kennen.

„Hey!" schreit der Vater los. „Der Mann da! Sehen sie ihn? Da hinten, der gerade aus der Tür gehen will. Der mit dem roten Cappy auf dem Kopf." Kurz seinen Blick zu dem Polizisten gewandt, zeigt er mit seiner freien Hand auf ihn. „Den müssen sie aufhalten. Der hat meinem Buben auf den Fuß getreten. Den müssen sie verhaften."

„Einsperren muss man den. So eine Unverschämtheit!" Das seine Frau ihm die Stange hält, haben die Umstehenden schon mitbekommen.

„Können sie mir mal erklären, was der junge Mann dort mit dem Stehlen ihres Jungen zu tun hat?" Noch kann der Kommissar keinen Zusammenhang erkennen. Wie sollte er auch? Bisher hat er noch keinen Überblick der Sachlage erlangen können. Die Verwicklung der Dinge ist ihm noch unbekannt.

„Halten sie den Mann fest!" Beharrt der Vater auf sein Verlangen ihn dingfest zu machen.

„Manfred. Geh mir den Mann holen. Wir müssen da wohl mehr klären als gedacht."

„Ist in Ordnung. Das haben wir gleich." Sagt es und marschiert in Richtung Ausgang davon.

„Hallo Sie da", fordert er den Mann auf, „bleiben sie mal stehen."

Mittig der zwei Türen stehend, noch nicht draußen aber auch nicht mehr drin, stoppt er. Dreht sich um und kommt tatsächlich zurück: „Ja? Um was geht es?"

„Wir hätten einige Fragen an sie, was die Familie dort angeht. Würden Sie mir folgen?"

„Geht in Ordnung." Er folgt sichtlich erregt und mit ständigem Fingerschnipsen dem Polizisten zurück zu der Familie.

Jetzt platze selbst ich auf meinem Beobachtungsposten vor Neugier. Wie wird sich das entwickeln?

„Hach. Haben wir sie!" Dass die Mutter des Buben dermaßen laut werden kann, erlebten die Anwesenden schon mal.

„Verhaften sie ihn", beharrt der Vater weiterhin auf seinem vermeintlichen Recht.

„Bevor dies hier ausartet bitte ich sie alle in das Verwaltungsbüro mitzukommen. Dort können wir dann weiter reden. Wenn sie mir bitte folgen wollen." Nicht ganz mit seiner Aufforderung einverstanden, folgen sie ihm nun doch. Von freiwillig kann hier nicht die Rede sein.

Um einiges ruhiger, oder besser gesagt kleinlauter, folgen ihnen nun auch die Eltern mit ihren Kindern.

Ganz geben sie noch nicht auf: „Warum muss unser Bub mitkommen. Meine Frau sollte mit ihm nach Hause. Es ist seine Essenszeit." Er wechselt von Forderung auf Verzweiflung über. Hofft er so die Angelegenheit zu seinen Gunsten zu wenden?

Allen nachfolgend tritt auch die Bonbonverkäuferin den Weg in das Büro an.

Schade. So werde ich nicht erfahren, wie es ausgeht. Ein Blick in die Patisserie belehrt die Anwesenden, das hier das Aufräumen voll in Gang ist. Praline für Praline wird in eine Box gelegt. Ob da eine reicht? Kaum!

Der Verwüstung nach werden sie mehr als zwei Boxen benötigen für die riesen Schweinerei. Der Sachschaden ist beträchtlich. Hinzu kommt die Reinigung. Die armen Eltern. Eigentlich können sie einem inzwischen schon wieder leidtun.

In meinen Überlegungen gestört, höre ich einige Kunden miteinander diskutieren:

Die Stimme eines Mannes ist besonders gut herauszuhören: „Den Jungen sollten sie für längere Zeit Hausarrest geben. Ohne Fernseher und Computerspiele. Alles andere hilft doch heute nicht mehr."

„Da haben sie Recht. Wenn das mein Junge wär, der bekäme kein Taschengeld mehr für die nächste Zeit, bis der Schaden abbezahlt ist." So ertönt die Stimme einer Frau, allerdings in einem recht boshaften Ton.

„Meinen Sie dann wird er es nicht mehr tun? Meiner Meinung nach gehört der in eine Erziehungsanstalt. Das ist das einzig Wahre heutzutage noch." Das ist die Stimme eines betagten Mann.

„Also, wenn man mich fragt. Die Eltern gehörten bestraft. Sie haben alles falsch gemacht, was man in einer Erziehung falsch machen kann. Jawohl", mit der Bekräftigung der eigenen Meinung, will der resoluten Frau niemand Wiedersprechen.

Dem Getratsche meine Zeit genug gewidmet, entscheide ich mich dazu, den Ort des Geschehens zu verlassen. Mit dieser Erkenntnis wende ich mich meinem eigentlichen Zweck des Hierseins zu.

„Entschuldigen sie", die Stimme ist mir nicht bekannt. „Ich beobachte sie seit einiger Zeit. Hätten Sie Zeit für eine Tasse Kaffee? Ich lade sie dazu ein."

Ihn anschauend mutet mir sein Gesicht sympathisch. Warum nicht? Kann nicht behaupten dass ich allzeit bereit bin für ein Abenteuer. Nach dem Geschehen in der letzten Stunde kann ein unverbindliches Gespräch mit einem Unbekannten interessant werden.

„Eine nette Einladung nehme ich gern an." Schenke ihm mein süßestes Lächeln und hake ihn unter. „Wohn soll es gehen?"

Hat er mit einer Zusage nicht gerechnet? Völlig überrascht geht er mit mir der Rolltreppe zu den oberen Stockwerken zu.

„Sie erlauben?" Damit schlüpft er unter meinem Arm hindurch und hält mir Gentleman Like die Hand hin, damit ich gestützt die Rolltreppe betreten kann.

Schaue ihm direkt in die Augen, die blicken zurück und wir erkennen, da haben sich Gleichgesinnte getroffen. Was werde ich heute noch erleben? Lass ich mich überraschen.

In der oberen Etage angekommen führt er mich in das Restaurant. Sucht einen gut platzierten Tisch aus. Bittet mich zu setzen und hat vor, vom Buffet zwei Essen für uns zu holen.

„Bitte, das möchte ich nicht. Die Einladung bezog sich auf eine Tasse Kaffee. Damit bin ich einverstanden. Zu mehr nicht."

„Lassen wir es zwanglos angehen." Seine Augen glitzern mich schelmisch an. „Der Hunger wird später schon kommen." Eine Antwort wartet er nicht ab, schon ist er auf dem Weg zur Kaffeebar.

Wird dies ein zwangloser Plausch, oder mehr?

Was sagte Oma immer? „Abwarten und Tee trinken."

Schuld endet in einem Happy End

Nicht weit entfernt von Quedlinburg im Harz parke ich mein Auto. Auf Reisen durch das schöne Harzgebirge, will ich hier ein Nachtlager suchen. −Doch zuerst muss der Hunger und Durst befriedigt werden. Anschließend müssten noch einige Stunden Buchschreiben möglich sein. Fragen wir halt das Navy, wo der nächste Mackey seine Filiale hat. Es gibt immer welche innerhalb von vierzig Kilometer, so auch hier. Nach Ankunft, so gegen vierzehn Uhr, richte ich zu allererst die Schlafgelegenheit im Auto ein − so lange es hell ist. Die Luft weist eine Temperatur von zweiundzwanzig Grad auf.

Der Tag in Quedlinburg wird hoffentlich schön, und die Weiterfahrt kein Problem. Meine Bekannten schwärmten mir dermaßen viel von dieser Stadt und ich muss sie unbedingt auf meiner Tour einplanen. Nun denn, sehen wir mal. Nach kurzem suchen finde ich, nicht weit von der Altstadt entfernt und das auch noch kostenlos, einen wunderschönen Parkplatz unter Linden und auch noch nahe der Altstadt. Allerdings ist der Lindensaft für ein Auto, das auch noch in schwarz, nicht der Traum seines Besitzers. Linden stehen voll in der Blüte. Haarfeine Tröpfchen auf dem Dach, dann die Sonne dazu. Eine

Autowäsche ist vorprogrammiert. Da muss ich morgen in den sauren Apfel beißen. Die geplante Tour durch dieses wunderschöne Gebirge werde ich um einen Tag verlängern müssen.

Den obligatorischen Rundgang auf der Burg – bin halt kein notorischer Burgenfreund (Sehe ich eine Burg, kommt in mir der Gedanke auf: Wieviel Leute haben zur Zeit seiner Erbauung dafür darben oder sogar sterben müssen?). Geld für Besichtigungen gebe ich daher nicht aus - und anschließendem Besuch eines netten Cafés unterhalb der Burg, in einem idyllisch gestalteten Hinterhof gelegen, genieße ich umso mehr. Der Kuchen schmeckt, der Kaffee ebenfalls und die Bedienung ist super freundlich. Herz, was begehrst du mehr. Auf die spitzbübische Art und Weise, wie sie ihre Gäste bedient und mit ihnen scherzt, gehe ich sofort ein. Die Bedienungen hier haben ihre helle Freude an ihrem Job. Oder macht dies die Atmosphäre hier im Hinterhof aus? Sie lässt die verweilenden Gäste durch ihre charmante, kecke Art ruhiger werden, warum auch nicht?

„So, bittschön, ihr Kaffee und Kuchen, wie bestellt." Ihre nette, freundliche Art spricht auch mich sofort an.

„Hm, riecht der gut. Nur, der Kuchen mit Streusel, den muss ich erst probieren."

„Sie werden merken, der ist köstlich. Allein der zarte Teig darunter und die Streusel darauf, sie ergeben eine Geschmackssymbiose, feiner werden sie es nicht mehr erleben." Ihre verschmitzt lächelnden Augen, die kleinen Fältchen um ihren lachenden Mund: wer kann ihr da widersprechen? Ich jedenfalls nicht und bestelle mit einem theatralischen Seufzer: „Nun denn, das muss ich wohl unbedingt selbst erkunden."

Was will ich sagen? Der Kuchen, belegt mit saftigem, noch leicht säuerlichem Rhabarber auf dem zartesten Mürbeteig den ich je gegessen habe und das in einer Komposition mit, nicht zu glauben, aber noch zarterem Streusel, ergänzt. Einfach traumhaft. Wäre dies Stück nicht so groß gewesen, die Versuchung noch eins zu bestellen käme über mich. Nur, mein Magen wird eine solche Fülle nicht mögen. Bei der Hitze der letzten Tage konnte ich nicht viel Essen, er hat sich an weniger Zufuhr gewöhnt. Ich lass es lieber. Eigens der Kaffee, selten so einen milden und doch kräftig im Aroma serviert bekommen. Alles in allem, ich bin zufrieden. Das zu sagen, kommt nicht oft vor, geht man auswärts speisen.

„Nun? Habe ich ihnen zu viel versprochen?"

„Ganz und gar nicht. Dermaßen zufrieden war ich schon lange nicht mehr. Auswärts essen ist meist nur zur Befriedigung des Hungers aber nichts für die Sinne. Heute! Es ist der beste Kuchen, trotz Streusel. Und der Kaffee? Es passt einfach alles. Danke für die Empfehlung."

„Was ist mit Streusel? Mögen sie keinen?"

„Normalerweise nicht, aber der hier ist ein Gedicht. Sagen sie, kann man das Rezept davon bekommen?"

„Nicht möglich. Der Chef selbst hat diese alten Rezepte von seiner Urgroßmutter geerbt, und das ist und bleibt sein Familiengeheimnis."

„Nun ja, fragen durfte ich ja. Aber was anderes. Sie erleben doch immer mal lustige und skurrile Kunden. Ich selbst sammle ja alles an Informationen, um meine Reisebeschreibungen aufzulockern. Gibt es da nicht einiges, was sie lustig fanden?" Erwartungsvoll schaue ich zu ihr auf.

„So spontan fällt mir nichts ein, aber warten sie, zuerst muss ich meine anderen Gäste abkassieren, da fällt mir bestimmt was ein." Dem anderen Tisch, die Gäste möchten zahlen, eilt sie flinken Fußes entgegen.

Ein lustiges Geplänkel tönt zu mir her gepaart mit Lachsalven. Speziell den dröhnenden Bass des Mannes kann man nicht überhören.

Er steht auf, kommt auf mich zu und fragt, ohne Vorstellung seinerseits: „Wie entsteht Wind?"
Diese Frage nicht beantworten könnend, zucke ich die Schultern.

„Wenn die Luft es eilig hat!" Er lacht lauthals los und kann sich kaum einholen. Humor scheint er zu haben und eine Scheu anderen gegenüber besitzt er auch nicht.

Ein paar Sekunden später erkenne ich: Das war ein Witz zum Nachdenken. Den Sinn erfassend, lache ich nun ebenfalls los.

Spontan fällt mir der Witz ein, den ich abends zuvor an meinem Rastplatz von einem Trucker hörte und frage ihn: „Was ist der Unterschied zwischen vorwärts und rückwärts leben?"

„Eh? Das geht doch gar nicht."

„Nun, das verrückte am Leben ist, dass man es vorwärts lebt und rückwärts erst versteht!"

„Hey Lady, hervorragend pariert", lacht er mich an und geht zu seinen Kumpeln zurück.

Die winken ihm recht ungeduldig zu. Es scheint mir, dass sie bereits startklar zum Weitermarsch sind.

„Nun komm schon, wir haben noch eine Verabredung." Da ist wohl einer besonders genervt.

Sich zu mir umdrehend meint er entschuldigend: „Tja, da muss ich wohl mal. Machen sie es gut."

„Danke. Sie auch."

Auf der Treppe zum Innenhof gehend, erzählt er ihnen was ich sagte. Das Gelächter kann man noch hören, obwohl sie schon den Torbogen zum Eingang des Hofes durchschritten haben und um die Ecke verschwinden.

Die Bedienung erscheint wieder und ich erzähle ihr dem Mann seinen Witz.

Noch lachend holt sie nach einer Weile tief Luft und meint: „ Einer der Gruppe hat noch einen losgelassen."

„Na, dann mal her damit, davon kann ich nicht genug hören. Das ist wie das Salz in der Suppe für meine Schreiberei."

„Moment, lassen sie mich kurz Überlegen. Ja, jetzt habe ich es. Eine Frage: Wer hat das Feuer erfunden?"

„Die Neandertaler."

„Ja, richtig. Aber der Mann oder die Frau?"

„Da die Männer jagen gehen, mussten die Frauen kochen. Also die Frauen."

„Falsch. Die Männer, sie mussten das Fleisch aufteilen, denn bisher aßen sie alles roh."

„Nun gut, klingt logisch." Kurzes grübeln meinerseits: „Aber die Frauen lernten wie man mit dem Feuer der Männer spielt", kontere ich nach einem blitzartigen Einfall. Der kam rechtzeitig. Toll!

Schallendes Gelächter ihrerseits wird übertönt von den beiden anderen Bedienungen, die eine Zigarette rauchend vor der Thekentür stehen und unserer Unterhaltung folgen.

„Mann, ist der gut. Den müssen wir uns für unsere Männer aufheben, wenn sie mal wieder den Mund zu voll nehmen." Lachend gehen sie wieder rein, die Chefin rief, es wären Gäste vor dem Café die zahlen möchten.

„Ja, das möchte ich auch. Was macht es zusammen?"

Die Rechnung habe ich vorher schon ausgedruckt: sechs Euro und zwanzig Cent."

Was erklärte mir meine Tochter während ihrer Zweitjob Tätigkeit im Bistro nach Feierabend, wieviel Trinkgeld man geben sollte? Zwanzig Prozent des Rechnungsbetrages. Das macht also ein Euro und vierundzwanzig Cent Aufschlag. Ergibt eine krumme Zahl von sieben Euro und vierundvierzig Cent

„Danke. hier haben sie neun Euro. Es stimmt schon so", beschwichtige ich sie, als sie Anstalten trifft, mir rauszugeben. So viel Freundlichkeit muss belohnt werden.

„Da sage ich danke und wünsche ihnen noch eine gute Reise. Kommen sie gesund und heil heim."

„Vielen Dank und bleiben sie so wie sie sind. Selten eine nettere Bedienung erlebt. Tschüss", verabschiede ich mich nun ebenfalls. Was für ein schöner Nachmittag.

Der Bauch ist voll, die Beine ausgeruht. So begebe ich mich auf einen Trip durch die Altstadt; absolut sehenswert. Mit festen Schuhen anstatt Sandalen hätte ich noch mehr Freude daran gehabt. Nichts desto trotz: ich genieße es, alleine nur meiner Nase folgend, die holprigen Straßen mit ihren malerischen alten Häusern zu durchwandern. Weiter vorn, vor einer Seitengasse, entdecke ich einen Mann in gebückter Haltung, er zupft Verwelktes aus. Die vielen Töpfe und Tröge strotzen nur so vor farbenfroher Blütenpracht. Die Gießkanne steht aufgefüllt seitlich von seinen Füßen auf der Erde. Erfahrungsgemäß sind Blumenliebhaber umgängliche Menschen. Pech, dieser nicht. Auf meine Frage ob ich ihn mit all der Pracht vor seinem besonders schönen Fachwerkhaus fotografieren darf, antwortet er, ohne sich aufzurichten oder umzudrehen, mit brummiger Stimme: „Nein! Irgendwann muss mal Ruhe sein."

„Oh! Entschuldigen sie. Ist es so schlimm mit uns Touristen?" Daran, das die Besitzer der wunderschönen Häuser tagsüber wohl nicht viel von einer Privatsphäre haben, bedachte selbst ich nicht.

Im Eifer so viele Fotos wie möglich nach Hause zu bringen, beachtet man nicht: hier leben Privatleute. Sie möchten ihre Mühen die Häuser zu erhalten an einem lauen Sommerabend davor sitzend genießen bzw. wie dieser Mann, die Blumen pflegen und dabei den nahenden Abend in Ruhe in sich aufnehmen.

Die paar schönen Wochen im Jahr, die ihnen zur Verfügung stehen um all diese Pracht zu erhalten und die wenige Freizeit nutzen um sich daran zu erfreuen, die stehlen wir, die neugierigen Touristen, ihnen.

Allein bei dem Gedanken, ich würde einer der Besitzer hier sein, lässt mich erschauern.

Das tagtägliche ertragen der vielen neugierigen, fotografierenden Gaffer verbannt sie automatisch in ihre Häuser. Besitzen sie keinen geschützten Hinterhof um ihre Privatsphäre zu pflegen, was hält sie dann hier?

Die lange Zeit des oft nebligen, vom Wind durchpeitschten Herbst?

Die ebenso lange Zeit eines kalten, oft verschneiten Winters?

Oder die mindestens so lange Zeit des Frühlings, der in manchen Jahren mehr Regen als Sonne bietet?

Werde ich jemals wieder die Erkundung eines Ortes so völlig unbedarft erleben? Eher nicht. Dann wiederum: Die Region lebt von den Touristen, so auch diese Menschen. Ihre Straßen, ihre Sehenswürdigkeiten, die Museen und Theater, alles wird aus den Einkünften zumindest aus den daraus fließenden Steuern, mit erhalten.

Das ist ein verflixter Kreislauf, zugegeben, aber er ermöglich uns, ein jeder auf seine Art, hier den Urlaub zu verbringen.

Der geführte Gedankengang bringt mir die Erkenntnis: genieße deine Tour und behellige, wenn möglich, so wenig wie möglich, die privaten Besitzer solcher Kleinode.

Ein Hierbleiben über Nacht ist nicht eingeplant und so entscheide ich mich zum Abend die Weiterfahrt anzutreten.

Auch wenn man die Übungszeit des Herrichtens der Lagerstatt schon lange hinter sich hat, unter einer halben

Stunde ist es nicht zu schaffen. Der obligatorische Gang zur Toilette und die anschließende Suche nach einem Steckdosenanschluss sehe ich als reine Pflichtübung an. Diese findet immer mit der Handtasche, der Computertasche und der Kabelsammlung in einer leichten Stofftasche geschultert, statt. Und, was äußerst wichtig ist: neue Ideen zum Schreiben im Kopf. Das muss jeden Abend sein, die Eindrücke des Tages müssen frisch erfasst werden.

Einen Platz finde ich schnell, es stehen zwei Steckdosenanschlüsse zur Verfügung. Die Entscheidung fällt auf die mehr der Mitte der langen Reihe zugehörigen Tische. Die kleinen Tische in den Restaurantketten sind für meine Art des Hierseins zu klein, daher sind zwei für mich notwendig. Auspacken, Kabel anschließen und alle Geräte neu aufladen lassen, ist Routine geworden.

Heute gönne ich mir meinen Lieblings Burger mit einer Tasse Fruchttee. Die Sorte Tee, die sie hier anbieten, entspricht meinem Geschmack. Von dem freudigen Erlebnis am Nachmittag im Café noch immer erfüllt, schaue ich mich um.

Mutter und Tochter, so um die Mitte dreißig und zehn Jahre, sitzen linker Seite von mir. Sie hören sich an, als ob sie ein gutes Verhältnis zueinander haben. – Weiß man aber nie so genau.

Neben dem ständigen „Piep, piep der Mackey Anlage hinter halb des Tresens hört man ihr Geplänkel noch verständlich heraus.

Das Mädchen, Rosetta ruft die Mutter sie, bittet um das Telefon, sie will ihren Papa anrufen.

Die Mutter reicht es ihr zu.

Eins beherrschen die Kids wohl schon im Bauch der Mutter: das Telefonieren.

„Hallo Papi!"

Kurze Pause, der Vater spricht wohl ein paar Worte, dann folgt ein schüchternes „Eh...?"

Kurz darauf ein verdächtiges Zögern von ihr, "wir sind hier im Mackey."

Kurzes Zuhören, dann: „Ja, Mama ist auch hier."

Wie es scheint, ist der Vater damit nicht einverstanden: „Waas?" Bei dem momentanen Lärm hier hört sie verständlicherweise nichts und muss erheblich lauter reden als normalerweise.

„Das sollst du doch nicht sagen, du Plaudertasche", schimpft ihre Mutter ihr in leicht tadelndem Ton dazwischen", du weißt doch was dein Vater von diesen Lokalen hält. Es gibt wieder nur Ärger daheim. Warum kannst du nicht mal was für dich behalten?"

„Was? Ja ich weiß, aber ich habe doch Hunger", argumentiert die Kleine, wohl den Protest ihres Vaters widersprechend– scheinbar ist er mit der Auswahl des Lokals nicht einverstanden. Der Mutter ihren Einwand hat sie nicht mitbekommen.

„Du Plaudermaus, wir wollten das doch für uns behalten", spricht ihre Mutter erneut dazwischen, „wir hatten doch vor, ihm mal nichts zu sagen."

„Eh?", kleinlaut weiß sie nicht was sie antworten soll. „Nichts mit Eh? Wir haben eine Vereinbarung gehabt."

Nun wird die Mutter doch lauter. Sie hat kein Verständnis für die Verlegenheit ihrer Tochter.

„Okay. Das nächste Mal verrate ich es bestimmt nicht mehr." Das klang nach einer Frage und Antwort gepaart mit Freude über die Lösung dem Malheur zu entkommen. Dachte sie. Den nächsten Satz der Mutter hört sie nicht gern, das sieht man ihrem Gesicht an.

„Ein nächstes Mal wird es so schnell nicht mehr geben, du kennst doch deinen Papa."

„Aber, wenn wir es ihm nicht sagen." Hoffnungsvoll sieht sie ihre Mutter an.

„Das hatten wir für heute vereinbart und du hast keine zwei Minuten gebraucht um das Versprechen zu brechen. Leider kann man nicht sicher sein, das du diese einhältst darum ist es sinnlos zu diskutieren."

„Okay", gibt Rosetta nun zu. Notgedrungen. Wenn sie es ihrer Mutter versprochen hatte, dem Vater nichts von diesem Besuch zu erzählen und es versehentlich aus Unachtsamkeit gebrochen hat, bleibt ihr nun keine andere Wahl. Wie sie es schaffen wird, noch einmal so einen heimlichen Ausflug zu vertuschen. Das muss ihr die Zukunft weisen.

Mischt sich ein Mann vom Nebentisch ein und meint zu dem Mädchen, wohl in der Hoffnung ihr zu helfen: „Denk dir nichts dabei. Mütter vergessen sehr schnell und beim nächsten Mal denkst du an dein Versprechen, dann klappt es schon."

Die Rechnung hat er allerdings ohne die Mutter gemacht. Ihre Blicke sprechen Bände: „Was mischen sie sich überhaupt in mein Gespräch ein? Was erdreisten sie sich, meine Tochter gegen mich aufzuhetzen. Halten sie gefälligst ihre vorlaute Klappe!"

„Mein Gott, nun regen sie sich mal nicht so künstlich auf, ich meinte es doch nur gut", versucht er mit ruhigen Worten sie davon zu überzeugen.

„Sie Idiot. Halten sie ihre große Klappe!"

Oh je, kann die wütend werden. Interessiert schaue ich zu ihnen rüber. Au weia, das hätt ich wohl auch nicht tun dürfen.

„Was gaffen sie so blöd herüber? Sind sie auch eine von den Neugierigen?" Viel fehlt nicht mehr und ihr geht die Luft aus. Ihr Atem klingt rauchig und mühsam einsaugend.

Das kenne ich von mir, wenn ich nicht genug Sauerstoff in den Lungen habe. Auf derlei wütenden Leuten reagiere ich aus Prinzip nicht und lächele sie mit einem extra freundlichen Gesicht an. Ein Lächeln begleitet meinen Blick und ich hoffe, sie dadurch zu besänftigen.

„Grinsen sie nicht so frech, sonst komme ich gleich rüber und knalle ihnen eine."

Auf derlei aggressive Tönen reagiere ich von Haus aus nicht. Das heißt nur, dass langer Ärger vorprogrammiert ist.

Nach der netten und freundlichen Bedienung in dem beschaulich gelegenen Café in Quedlingburg ist diese Dame das absolute Gegenteil.

„Sagen sie, Frau. Ihnen ist wohl eine Laus über die Leber gelaufen? Die Dame hat doch nichts gesagt", entrüstet sich der Mann.

Hatte er die Absicht, mir zu helfen oder ist das seine Art bei Frauen? Ihn näher anschauend, finde ich ihn gar nicht mal so unsympathisch. Seine adrette Kleidung steht ihm vorteilhaft. Ein gutes Aussehen kann er auch sein eigen nennen. Außerhalb meines Alters ist er auch noch nicht, so meine Einschätzung. Er könnte mir gefallen.

„Hallo? Gehirn an Körper, schweifen wir schon wieder ab? Das hast du immer noch nicht im Griff, ermahne ich mich mal wieder. Das wievielte Mal auf dieser Tour? Habe ich durch meine abwesenden Gedanken wichtiges verpasst? Wohl nicht.

Die Frau ist wütend. Schon allein das ihre Tochter ihr Versprechen gebrochen hat und sie sich nun vor ihrem Mann wieder mal, wie oft schon, erklären muss.

„Dafür aber blöd geglotzt!" plustert sie sich jetzt erst recht auf.

Sieht man ihr in die Augen ist zu erkennen, die hat ihren Puffer für ihre schlechte Laune gefunden: Mich!

In der Spiegelung der glänzenden Wand gegenüber erkenne ich wie das Mädchen in sich zusammensinkt.

Verstört versucht sie die Schuld auf sich zu nehmen: „Mama? Bitte? Der Mann und die Frau trifft doch keine Schuld. Ich habe doch dem Papa verraten wo wir uns aufhalten. Mich müsstest du schimpfen."

„Du hältst den Mund. Dies hat mit dir nichts zu tun!"

Absolut verängstigt stammelt es nun: „Bitte Mama, lass uns gehen, wir sind doch fertig."

Ach du Schreck, was ist das für ein Drachen da neben mir? Anfangs glaubte ich noch, sie ist nett. Aber nun?

Wie kann eine Mutter so krass auf ihre Tochter reagieren? Sollte sie nicht ein Beispiel sein und sich in Situationen wie dieser zusammenreißen?

Da kann ich nicht mehr stillhalten und spreche die Frau mit wohlüberlegter, sanfter Stimme an: „Entschuldigen sie, aber die Kleine trifft wirklich keine Schuld. Ihre Aufregung basiert wohl auf einem anderen Ärgernis und sie nutzen den Herrn und mich als Blitzableiter."

So! Das war das i-Tüpfelchen um ihr Fass zum Überlaufen zu bringen! Sie holt tief Luft.

Nichts Gutes ahnend, klappe ich instinktiv meinen Computer zu. Sicher ist sicher. Wer weiß wie die, ihrem aufsteigenden Puls im Kopf nach zu urteilen, reagiert. Nur, das hätte keinen Schutz vor dem Schwall Limonade, der sich in diesem Moment über alles auf meinem Tisch und auch mich ergoss, ergeben.

Die Reaktion des Mannes, seine Jacke über meinen Computer zu werfen, verhindert einen allzu großen Schaden. Höchstwahrscheinlich einen Totalausfall. Nur gut, das ich nach jedem Schreiben zum Ende hin eine Sicherung ziehe. Es ging alle so schnell, ich bekam es nicht so richtig mit. Eine Wette, dass es kaum möglich wäre, diese Reaktion mit einer Stoppuhr zu messen, würde jeder der sie abschließt gewinnen.

Seine Jacke kann der Mann wohl in die Reinigung geben. Meine Hose bekam einiges ab und die Bluse klebt mir sofort am Körper fest. Der Menge nach war der Becher, der Größe nach ein Maxi Becher, fast voll gewesen. Auf allen Seiten vom Tisch lief die rötliche Soße herab. Was für eine Schweinerei, bis auf den übernächsten Tisch landeten die Spritzer.

Auf diese Unverschämtheit muss ich nicht mal reagieren. Der Mann meint, sich zu mir wendend: „Lassen sie mich das mit der Dame, nein Frau, abklären. Eine Dame lässt sich nicht so gehen."

Übrigens sieht er recht adrett aus, passt eigentlich nicht in dieses Ambiente, eher in ein nobles Hotel mit viel Schnickschnack drum herum. Was ihn wohl bewogen hat hier eine Kleinigkeit zu sich zu nehmen? Mehr ist auf seinem Tablett nicht zu erkennen.

„Spinnen sie? Sie haben wohl einen Dachschaden? Ihnen ist doch klar, dass das kosten wird. Und eine Entschuldigung können sie sofort ausspucken. Ansonsten werden wir mal ein paar deutlichere Worte miteinander wechseln."

Seiner Aussprache nach gehört er doch hierher. Gottseidank. Moment Mal, was heißt hier Gottseidank? Wie kommst du darauf? So gut schaut er nun auch wieder nicht aus, dass du anfangen musst zu spinnen. Das und noch einiges mehr rede ich mir ein. Gut ausschauen tut er denn doch! Gestehe ich mir zum Schluss ein.

„Was bilden sie sich ein. Nichts werde ich. Das war ich nicht!"

Also, das ist mal eine Dreistigkeit, die mir noch nicht untergekommen ist.

Nun ebenfalls wütend, mische ich mich doch ein und spreche nicht mehr im sanften Ton: „Selbstverständlich waren sie das. Hätt der Mann seine Jacke nicht so schnell über meinen Computer geschmissen, würde eine Rechnung von über achthundert Euro auf sie zukommen. Der ist nagelneu."

„Ach so ist das? Sie beide gehören wohl zusammen? Ist wohl eine neue Maschen von euch Ausländern? Nicht mit mir!! Suchen sie sich einen anderen Dummen für ihre dreiste Trickserei aus!"

Noch während sie dies sagt, zerrt sie ihre Tochter am Arm packend aus dem Sitz hoch: „Komm Regina, wir gehen!"

Da diese sich nicht sofort erhebt, zerrt sie noch kräftiger an ihrem Arm. Eine Spur zu kräftig, dem Schrei ihrer Tochter nach. Die verzieht schmerzhaft das Gesicht und ist nicht bereit ihr zu folgen.

Ganz schön raffiniert diese Frau und auf den Kopf gefallen ist sie wohl auch nicht.

Allerdings macht sie diese Rechnung ohne ihre Tochter. Die ist wohl des Schlagabtauschs nicht mächtig und versteht nicht so richtig, was die Erwachsenen da reden. Auf jeden Fall meint sie es wieder mal gut oder will sie die Schuld doch nicht auf sich nehmen?

Was auch immer, sie protestiert dagegen: „Aber Mutti, ich war das doch gar nicht. Das ist doch dein Saft."

Wütend langt die Mutter über den Tisch und gibt ihr eine heftige Ohrfeige: „Hör auf zu Lügen!" und zerrt sie erneut, diesmal mit Wut, am Arm: „Komm jetzt Rosetta. Wir gehen!"

Mein Gott, das kann doch nicht wahr sein, ihr Kind schlagen und dann noch an den Kopf. Selbstverständlich weint das Mädchen heftig. In Sekundenschnelle werden alle Finger auf ihrer Wange sichtbar und schwillt an. Ängstlich hält sie die Hand über diese Schmach und weint. Anfangs leise aber dann doch laut schluchzend. Das kann ich verstehen. Da würde auch ein Erwachsener weinen.

Mittlerweile kommt eine aufmerksame Bedienung mit einem Wischlappen in der Hand angerannt und ruft ihrer Kollegin zu: „Tina, hol einen Eimer Wasser mit Wischer."
Nicht ganz begreifend warum, sie hat wohl die Auseinandersetzung nicht vollständig erlebt, fragt sie: „Wenn ich wüsste, wo die Sachen stehen, schon."
„Frag nicht lange, hol sie einfach!" Das war klar und deutlich und duldete keinen noch so kleinsten Widerspruch.
„Ja, ja", klang es ziemlich genervt. Allerdings war sie nun auch schon auf dem Weg zu der sogenannten Besenkammer. Die, das weiß ich inzwischen durch die vielen Besuche in deren Lokalitäten, die findet man zwischen den Männer- und Damentoiletteneingängen. Der Auftrag passt ihr nicht ganz, die Türen hört man bis zu uns zuklappen und die Schimpfkanonaden, die dem folgen, ebenfalls. Derlei hat sie viele auf Lager, hört man ihrem Disput weiter zu.

„Hallo!" ruft die Bedienung nun der Frau zu, die immer noch versucht ihre Tochter aus dem Sitz zu zerren. „Sie können doch nicht einfach so gehen wollen? Schauen sie sich mal die Schweinerei an, die sie gemacht haben."
„Selbstverständlich gehen wir. Nehmen sie sich diese

zwei Ausländer da hinten vor, die wollen mir das, wie es scheint, unterjubeln damit ich ihnen einen neuen Computer für ihre alte Schrottkiste bezahle. Wahrscheinlich war der auch schon defekt. Nee, nee. Nicht mit mir! Vor derlei diebische Trickbetrügereien werden wir doch jeden Tag in den Medien gewarnt."

„Mama", mischt sich das Mädchen ein, „wir können noch nicht gehen. Ich muss noch auf die Toilette." Das klingt nach einem immer noch weinenden Ton. Die Arme.

„Papperlapapp, das kannst du auch zu Hause erledigen. Auf diese dreckigen Toiletten lasse ich dich nicht gehen." Nun zerrt sie noch heftiger an Arm ihrer Tochter.

„Au. Mama. Das tut weh", weint diese erneut ob der Grobheit ihrer Mutter.

„Sie bleiben hier!" ruft nun der Mann die Frau zur Räson. Die Polizei wird gleich hier sein. Den Schaden werden sie bereinigen ob sie wollen oder nicht. Das wär ja noch schöner. Abhauen kommt nicht in Frage. Hätten sie wohl gerne? Das können sie schnell vergessen. Notfalls halte ich sie fest. Außerdem, schämen sie sich nicht, vor ihrer Tochter ein dermaßen schlechtes Beispiel abzugeben? Was sind sie für eine Mutter?"

„Was wollen sie denn, sie Ausländer Gesockse. Mich aufhalten? Das ich nicht lache. Anfassen dürfen sie mich nicht, dann zeige ich sie wegen Nötigung an."
Bevor das noch in handfeste Handlungen ausarten kann, mische ich mich nun doch ein: „Seien sie bitte, ihrer Tochter zuliebe, vernünftig und lassen sie uns die Sachlage in ruhigem Ton aufklären."

„Die Frau hat recht", mischt sich nun die Kollegin in das Gespräch ein, die mit dem Eimer ankommt und augenblicklich den Schlamassel abzuwischen beginnt.

„Was reden sie denn da? Sie haben doch gar nicht gesehen, was hier passierte!" Faucht die Mutter diese nun ebenfalls in boshaftem Ton an.

„Und ob! Ihre Streitereien haben mehrere von uns beobachtet und auch gehört", wehrt die sich nun. War sie vorher schon sauer, weil die den Eimer holen musste um diesen Schlamassel zu beseitigen, jetzt ist sie stink sauer.

„Hören sie auf zu Lügen! ICH habe nichts gemacht. Dieses Gesindel hat ihre eigene Limonade über den Computer geschüttet. Das haben sie gesehen und sonst nichts."

Was bezweckt diese Frau mit DER Falschaussage? Versucht sie die Leute zu verunsichern? Will sie deren Wahrnehmung beeinflussen? Eine derartige Gerissenheit ist ihr zuzutrauen.

Die Verblüffung aller ob der dreisten Lüge nutzend meint sie gelassen, ihre Tochter immer noch fest im Griff: „Wir verlassen dieses Lokal noch in dieser Sekunde. Sie haben kein Recht mich aufzuhalten." Ihr Tonfall klingt hysterisch und ihre Augen funkeln kampflustig in die Runde.

Gegenwärtig wendet sie sich ihrer Tochter zu, die immer noch nicht gewillt ist, ihr zu folgen und faucht wütend: „Du kommst jetzt oder es setzt noch mal eine! Hast du verstanden?"

Verschüchtert und wohl auch vor Angst einer erneuten Ohrfeige folgt ihr die Tochter zum Ausgang.

Der Mann hält sie nicht auf. Allerdings ruft er den eintretenden Polizisten, die hat die Frau noch nicht bemerkt, zu: „Halten sie bitte diese Frau mit ihrem Kind auf. Sie will sich um die Begleichung des Schadens drücken."

Der erste Polizist, ein Hauptkommissar, ist ein Mann des älteren Jahrgangs. Beschwichtigend spricht er die Frau an: „Wollen sie uns bitte zu dem Tisch begleiten. Wir klären die Angelegenheit gleich auf."

„Ich denke gar nicht daran. Wir haben nichts gemacht und diese beiden Betrüger sollten sie sofort festnehmen. Die wollen mir den angeblichen Schaden aufdrücken, damit sie sich so einen neuen Computer ergaunern. Klären sie die erstmal auf."

„Sehen sie, junge Frau, um das zu klären, bitte ich sie mich zu dem Tisch zu begleiten."

Sich wohl der Situation bewusst und die Gefährlichkeit ihrer Handlung erkennend, drückt sie sich blitzschnell, ihre Tochter an der Hand zerrend, an dem Polizisten vorbei. Wohl mit der Absicht aus der Tür zu entkommen. Das war mal wieder eine Rechnung ohne den Wirt. Der Polizist war schneller. Obwohl, betrachtet man ihn, er um einiges älter als die Frau sein dürfte. Das regelmäßige Polizeitraining zahlt sich doch aus.

Verärgert ergreift er ihren Arm und fordert sie auf ihn zu seinem Kollegen, der bereits an einem Tisch Platz genommen hat, zu folgen: „Das geht leider nicht. Sie werden zur Aufklärung der Angelegenheit bleiben müssen. Also bitte!"

Ihren nochmaligen Fluchtversuch verhindert er, indem er sich ihr in den Weg stellt: „Machen sie die Angelegenheit nicht komplizierter als sie bereits ist. Sie müssen bis zur Abklärung bleiben müssen."

„Nein! Das werde ich nicht. Lassen sie mich los, sonst zeige ich sie an!" Ihr Tonfall wird von Mal zu Mal eine Nuance höher.

„Das steht ihnen frei, junge Dame. Es wird aber nichts ändern. Da sie die beiden Herrschaften anschuldigen, müssen sie bis zur Aufklärung bleiben oder sie kommen alle mit auf das Präsidium."

Widerwillig, aber erkennend dass ihr wohl nichts weiter übrig bleibt, folgt sie nun doch der Aufforderung des jungen Polizisten zum Hinsetzen.

„So, jetzt mal langsam und der Reihe nach. Setzen sie sich bitte alle", fordert er uns höflich aber bestimmt auf.

„Jan, du nimmst bitte alles auf", fordert er seinen jüngeren Kollegen auf.

Nicht erfreut, aber dennoch willig, zieht der Block und Kugelschreiber aus seiner großen Tasche hervor.

Er kann es sich aber nicht verkneifen zu murren: „Das wird ein Spaß, per Hand aufschreiben. Das kann Stunden dauern, bis wir fertig werden."

„Du wirst es schon überleben", grinst der Ältere ihn an.

„So. Nun zu ihnen", damit wendet er sich der Frau zu, „was ist passiert?"

„Moment Mal, erst muss ich die Personalien aufnehmen. So schnell kann ich nicht per Hand schreiben. Es wird Zeit das wir was modernes, ein Netbook, zugeteilt bekommen", protestiert der Jüngere.

„Hast ja Recht. Dann werde ich in der Zwischenzeit mich mit dem Mädchen unterhalten."

Sich der Jugendlichen zugewendet fragt er sie: „Sag mal, Kleines, wie heißt du denn?"

Ziemlich verschüchtert antworte sie: „Rosetta."

„Kannst du mir sagen, was hier passiert ist?" Er hat eine angenehme Stimme. Die dürfte ihre Wirkung auf das Kind, das ihm gegenüber sitzt, nicht verfehlen.

Nun ja, einem Kind nicht. Nur, die Mutter funkt sofort dazwischen: „Sie können doch nicht mein Kind ohne meine Einwilligung verhören!"

Nicht gewillt ihm das Wort zu lassen faucht sie los: „Sie! Das wird Konsequenzen nach sich ziehen. Eine bodenlose Unverschämtheit ist das!"

„Nun beruhigen sie sich mal, junge Frau. Ich verhöre nicht ihre Tochter sondern bitte sie mir zu sagen, was sie gesehen hat. Das ist im gesetzlichen Rahmen."

„Sie werden gar nichts mit meiner Tochter machen und lassen sie ihre schmierigen Hände von ihr!"

Wild schaut sie in die Runde: „Sehen sie das? Er grapschst meine Tochter an!"

Siegessicher, genug Zeugen für ihre Aussage zu haben, sagt sie zu dem Polizisten: „Sie können sich auf eine Anzeige gefasst machen!"

„Hören sie junge Frau. Noch so eine Anschuldigung und sie alle kommen mit auf das Revier. Mir langt es!"

„Entschuldigung", mischt sich nun die Bedienung ein, „das Geschehen hier können wir ihnen auch erklären.

Nicht nur ich, auch meine Kollegen und Kolleginnen haben den Großteil der wörtlichen und tätlichen Handlungen mitbekommen."

„Jetzt wird es mir bald zu viel", meint Jan, der junge Polizist und legt seine Schreibutensilien protestierend auf den Tisch zurück: „Dirk, können wir bitte die Personalien zuerst erfassen? Wie soll ich wissen wer was aussagt, wenn sich noch keiner ausgewiesen hat."

„Ist schon gut", lenkt der ältere, den der junge Polizist mit Dirk ansprach, beruhigend ein. „Wenn sie bitte alle ihre Personalien abgeben. Hernach kommt ihr der Reihe nach zu mir. Wer zuerst kommt, ist eher fertig."

Der Mutter des Kindes dämmert es wohl langsam das es ernst wird und meint etwas kleinlaut: „Können wir die Angelegenheit nicht unter uns ausmachen?" Dabei schaut sie mich und den Mann mit bittenden Augen an.

Man glaubt es kaum, wie ruhig sie plötzlich ist, wie die Vorgeschichte nicht miterlebt hat, wird glauben wir sind die Ungeheuer und sie die ach so bemitleidenswerte Unschuldige.

Empörte sich nicht der Mann, ich würde es jetzt tun.

„Sie haben sie wohl nicht alle", empört der sich nun, „erst abstreiten, dann die Frau und mich als Komplizen des Betruges bezichtigen, als Ausländerpack beschimpfen und jetzt auf einmal so? Was glauben sie, wer wir sind? So viel Unverschämtheit haut ja wohl dem Fass den Boden aus! Vergessen sie es! Nein!"

Oh je, kann der wütend werden. Dem platzt buchstäblich der Kragen. Gottseidank wird er nicht rot im Gesicht. Sein Blutdruck ist demnach in Ordnung.

„Ruhe!. Der nächste bitte für die Personalien", versucht der junge Polizeianwärtert namens Jan die Runde halbwegs zu beschwichtigen.

Eine ganze Weile herrscht einigermaßen Stille.
Das lässt ihn endlich die Personalien aller Beteiligten zu erfassen. Kaum fertig mit der Erfassung der Personalien steht ihm aber noch das Aufschreiben der Aussage Protokolle bevor.
Alles in allem dauert die Prozedur gut eine Stunde. Er erfasst die wichtigen Aussagen in Kurzform. So geht es mit dem Verhör recht flott voran. Alle können sich ihr Protokoll noch mal durchlesen und dann unterschreiben. Wer es wünscht, erhält eine Kopie davon zugesandt.

Wütend geht die Frau mit ihrer Tochter anschließend aus dem Lokal. Keine Entschuldigung oder Einsichtnahme über das was sie angerichtet hat.
   „Herr", einen Blick auf das Protokoll werfend, fährt er fort, „Kreisker, wollen sie Anzeige gegen Frau Schulaso erstatten?" Die Frage stellt der mit Dirk angesprochene Polizist meinem Retter.
   „Ja. Da die Dame keine Entschuldigung nötig hat,
werde ich sie dazu bringen für den Schaden aufzukommen."
   „Und sie?" stellt er mir die gleiche Frage."
Kopfschütteln verneine ich dies, da meinem Computer nichts fehlt. Das stellte ich nach einem kurzen Checkup erfreut fest.
   „Nun denn. Ihre Entscheidung", meint Jan, der jüngere.

Sich an mein Gegenüber wendend erläutert er ihm: „Hernach erledigen wir das gleich und sie müssen nicht persönlich auf das Präsidium kommen."

Daraufhin folgt ein kurzer Prozess an Schreibkram und die Angelegenheit ist für die Polizisten erledigt. Ihre Utensilien zusammen packen ist schnell erledigt.

Ein kurzer Händedruck zwischen den Männern, ein ermunterndes Lächeln zu mir sowie ein „Danke" meines Helfers und von mir erhaltend, verlassen sie das Lokal.

Und jetzt? Was wird mit der Jacke? Meine Hose ist auch verschmutzt, selbst die Schuhe kleben von dem Saft.

„So. Darf ich mich vorstellen?" Mit einem leicht schüchternen Lächeln widmet er sich mir: „ Ich heiße Pascal Kreisker und hoffe sie sind mir nicht böse, das ich meine Jacke auf ihren Computer zuschmiss ohne sie zu warnen. Haben sie sich erschreckt? Ich hoffe nicht. Ihre Hose und Schuhe sehen auch nicht gerade sauber aus. Wollen sie mit mir zusammen die Frau anzeigen?"

„Nun, das sind eine Menge Fragen. Selena Johanson hat man mich getauft und *Sela* werde ich gerufen. Eine Anzeige möchte ich vorerst nicht erstatten. Zuerst lasse ich meinen Computer nebst Zubehör, aber auch die anderen Geräte, in einem Fachgeschäft abchecken. Hoffentlich sind sie in Ordnung. Außerdem muss die klebrige Masse entfernt werden. Hernach beauftrage ich meinen Rechtsanwalt: Er soll der Frau eine Aufforderung zur Zahlung des Schadens stellen. Danach sehe ich weiter. Zahlt sie, belasse ich es dabei. Zahlt sie nicht, gehe ich vor Gericht. Dann kommt mehr auf sie zu"

„Wie wäre es, können wir uns mit Vornamen ansprechen?

Höchstwahrscheinlich verlangt diese Angelegenheit mehr als ein Zusammentreffen. Abkürzen kann ich meine Vornamen nicht, obwohl mich einige meiner guten Freunde einfachheitshalber „Cal" rufen."

Nicht schlecht die Anmache. Aber es gefällt mir und ich lasse mich gern darauf ein.

„Höre ich richtig? Vornamen? Wie viele wurden ihnen – oh Verzeihung - dir denn bei der Geburt angeheftet?"

Mit einem leichten Lächeln auf seinen wohlgeformten, nicht zu dünnen Lippen, meint er: „Können wir das nicht mit einem guten Glas Wein begießen?"

Ach du Schreck, das ist wohl das Ende einer noch nicht begonnenen Romanze. Ich trinke keinen Alkohol, da ich noch viele Tage der Reise vor mir habe.

So sage ich mit bedauerndem Ton: „Tut mir leid. Das geht nicht. Ich trinke keinen Alkohol." Ihm in die Augen schauend, versuche ich zu erkennen, ob ihn das davon abhält mit mir noch eine Weile zu verbringen.

„Entschuldige, das ist lobenswert. Normalerweise trinke ich auch nicht, aber so eine Angelegenheit rechtfertigt es, meiner Meinung nach."

„Ja, das wär es dann wohl", habe ich vor, mich von ihm mit bedauerlichem Unterton zu verabschieden, „schade, aber es soll wohl nicht sein."

„Du willst doch noch nicht gehen. Oder? Es würde mich freuen, wenn wir noch eine Zeit gemütlich beisammen sein könnten", sich im Restaurant umschauend, fügt er hinzu, „aber nicht hier. Was meinst du?"

„Abgesehen davon, dass ich voll klebrig bin und du auch nicht gerade salonfähig ausschaust.

„Mir tut das Mädchen leid. Sie hat diese Frau in diese Situation gebracht, da sie ihr Hiersein dem Vater am Telefon unbewusst verraten hat. Klang so, dass er einen Besuch in diesem Lokal nicht duldet."

„Ach du Schreck. Das tut mir leid. Das bekam ich nicht mit, da ich in meine Lektüre vertieft war. Aber meine Anzeige werde ich nicht zurückziehen. Die Frau muss dafür bezahlen, denn es war reine Absicht ihrerseits. Dann noch die Beleidigungen und Anschuldigungen mit dreisten Lügen gespickt, das geht nicht. Außerdem kostet mir diese Jacke ein Vermögen."

„Das kann ich verstehen und ich danke auch für die schnelle Hilfe. Einen neuen Computer kann man kaufen, aber nicht die ganzen Daten. Leider vergaß ich die letzten Tage eine Sicherung zu ziehen."

„Sag mal, Sela, was schreibst du denn so?"
Ein Lächeln kann ich mir nicht verkneifen. So fragt man Leute aus. Er ist aber sehr charmant in der Art seiner Tonwahl, da kann ich ihm nicht böse sein.

„Meinen Reisebericht der letzten Monate."

„Was fängst du damit an? Ich meine, einfach nur zur Gaudi schreibt man so etwas ja nicht auf."

„Stimmt. Ich beginne ein Buch aus den Aufzeichnungen zu schreiben und möchte es nach Korrekturlesung und Fertigstellung veröffentlichen."

„Kann ganz interessant werden. Ist es mir erlaubt es danach mal zu lesen?"

„Aber ja. Das gibt es dann in jedem Buchladen, aber

auch im Internet zu erwerben", so leicht mache ich es ihm nun doch nicht. Den Braten rieche sogar ich in meiner Unwissenheit in derlei Dingen.

„Tata! Das saß", lacht er mich schelmisch lächelnd an, „selten hat jemand so gut pariert." Kann ihm direkt ansehen, wie er tief Luft holend seine Worte sammelt. Er will zu einem Ergebnis kommen, das „können wir uns wiedersehen" heißt. Darauf kann ich eine Wette abschließen. Die hätte ich gewonnen.

Noch in meine Gedanken hinein höre ich seine Frage: „Sag mal, können wir uns mal wiedersehen? Nicht nein sagen, bitte?"

„Ich denke ja gar nicht daran. Ich..." soweit komme ich, dann unterbricht er mich.

„Verzeihung, ich wollte dir nicht zu nahe treten. Es ist schade, aber ich muss wohl ein Nein akzeptieren."

„Vielleicht darf ich meinen Satz zu Ende bringen? Ich meinte, ich möchte es ja auch. Ich denke ja gar nicht daran, galt deiner Frage nicht nein zu sagen. Meinst du nicht, es wird unkomplizierter, wenn du mich künftig ausreden lässt?"

„Nicht böse sein, aber auf den Kopf gefallen bist du jedenfalls nicht. Das gefällt mir. Hast du morgen Nachmittag schon etwas vor?"

„Einer von der langsamen Truppe bist du aber auch nicht", lache ich nun doch lauthals heraus. Er gefällt mir von Sekunde zu Sekunde besser.

„Kann ich mir bei so einem hübschen Gegenüber nicht leisten, sonst kommt mir jemand zuvor."

„Von der langsamen Truppe ist er jedenfalls nicht. Ganz

zu schweigen von seiner Charmante Art. Ich weiß nicht, ich meine du wirst mir zu gefährlich. Sollte ich nicht doch lieber nein sagen. Was meinst Du?" regt sich meine innere Stimme.

„Eh? Ach was!" Was immer er damit aussagen wollte, ich brauche es nicht zu verstehen. Seine Arme umfassen mich vorsichtig und dann erhalte ich den schnellsten Kuss aller Zeiten. Moment mal, war das überhaupt ein Kuss?

„Sag mal, kannst du das Wiederholen. Ich weiß nicht was das gerade war." Kein Schüchterner ist er jedenfalls nicht. Scheint eine Angewohnheit von ihm, die ich aber nicht immer durchgehen lassen werde. Mich nicht ausreden zu lassen. Oder? Also, wenn sie jedes Mal so enden, vielleicht doch?

„Wünsche werden sofort erfüllt", und schon liegen seine Lippen auf meinen. Weiß ja nicht, woher er so lange Luft anhalten erlernt hat, aber da kann ich jederzeit mithalten. So wird es, kann ja möglich sein, der längste Kuss der Welt.

„Komm, gehen wir noch etwas spazieren. Ich möchte dich noch länger in den Armen halten. Besser du gewöhnst dich daran, dann kommst du nicht auf die Gedanken, dich nach anderen Armen zu sehnen", dabei schaut er mir so tief in die Augen, mir wird ziemlich mulmig dabei und nun küsse ich ihn erstmal ausgiebig.

Die Anzeige kann warten, dies ist wichtiger. Eventuell zieht er seine ja doch zurück. Nichts ist jetzt wichtiger als unser Beisammensein, so teile ich ihm meine Gedanken mit: „Eigentlich können wir auf eine Anzeige verzichten. Was meinst Du?"

Mich mit ernsten Augen ansehend, gesteht er: „Da dachte ich auch schon daran. Verdient hätte sie es ja. Das kleine Mädchen tut mir aber leid. Und ohne dieses Malheur hätten wir uns wohl nicht angesprochen."

„Genau, darum bin ich mir sicher, ich lasse es sein. Und du?"

„Gut. Wenn du mir versprichst, dies wird ein Happy End!"

„Ein Happy End das unhappy begonnen hat. Wer kann das schon von sich behaupten. Herrlich. Der Gedanke gefällt mir."

„Also beschlossen. Die Jacke lasse ich reinigen, deine Hose und Schuhe auch. Ich kenne da eine sehr gute Reinigung in der Innenstadt. Gehen wir doch gleich hin. Die haben bestimmt noch auf."

„Um diese Zeit?"

„Bestimmt, den Besitzer kenne ich ganz gut. Der macht auch noch nach Feierabend auf, wenn ich vor der Tür stehe."

„Eingebildet bist du aber nicht. Oder?" Lache ich los. Er glaubt tatsächlich an seine Geschichte.

„In diesem Fall nicht. Lass dich überraschen."

„Wo geht es lang?" Abenteuer mag ich immer.

„Mir nach, Madam", stimmt er in meine gute Stimmung ein und reicht mir galant seinen Arm, „damit du nicht vor Überraschung – kurze Pause – oder Schreck, umfällst."

Der Weg in die Innenstadt führt uns um die nächste Ecke und nach einigen Metern geradeaus bleibt er vor einer

Wäscherei stehen. Alles ist Dunkel. Nicht mal ein Licht im Hintergrund ist zu entdecken.

„Schätze mal, da hast du den Mund zu voll genommen", lache ich ihn aus.

Frech grinst er zurück, und dann, was macht er denn da? Greift er doch in seine Hosentasche und zieht einen umfangreichen Bund Schlüssel heraus. Schaut mich schelmisch an und schließt nach kurzem selektieren mit dem ausgesuchten Schlüssel die Tür auf.

„Treten sie bitte ein, meine Dame. Die Reinigung ist nur für sie geöffnet."

So ein dickes Schlüsselbund? Der ist doch nicht etwa? Oh nein! Entsetzt flüstere ich: „Mensch, lass die Scherze. Wir können hier doch nicht einbrechen." Rigoros schiebe ich ihn mit einem kräftigen Stoß zur Seite und versuche die Tür schnellstens zu schließen.

Meine Reaktion ahnte er wohl und wehrt sie ab, indem er meine Hand mit einer Zartheit umfasst die ich ihm nicht zugetraut hätte - bei der Größe seiner Hand?! Ein Milchbubi ist er mit seiner imposanten Figur ganz sicher nicht.

Allein, welche Wirkung seine Hand auf meiner auslöst, darauf war ich nicht vorbereitet. Ein Blitzschlag vom wolkenfreien Himmel hätte mich nicht mehr überraschen können. Wie können Nerven diese Wärme auslösen? Vor allem, wer ahnt schon wie weit verzweigt sie sind? – Ja, ja, in der Schule lernt man einiges darüber, aber glaubt es nicht so richtig. - Jetzt weiß ich es: vom Kopf bis zu den Zehen, das müssen Millionen sein, ach was, Milliarden feinste Verzweigungen kommen da zusammen und es will nicht aufhören zu kribbeln. Ich kann nicht anders, ich muss die Augen schließen, um das auszukosten. Was für ein Gefühl. Wann habe ich das zuletzt gespürt? Es muss Ewigkeiten her sein. Nein, so intensiv noch nie!

„Hallo? Lebst du noch auf dieser Welt? Wohl merkend wie er auf mich wirkt, streichelt er nun mit voller Absicht meine Hand. Nein, das stimmt nicht, er streicht hauchzart in einem Tempo darüber - eine Schnecke würde den Challenge „Wer ist schneller?" gewinnen – das mir buchstäblich die Beine unter meinem Körper wegsinken. Oh Gott, was ist nur mit mir los? Es kann doch nicht sein, das man nach längerer Abstinenz dermaßen auf einen Mann reagiert. Oder? Was heißt hier einen Mann? Das ist ein Gott, der da vor mir steht und mich mit wissenden Augen und einem allerliebsten Lächeln im Gesicht mustert.

Moment mal! Weiß der von seiner Reaktion auf mich? Na klar! Aber, das kann nicht sein, ich habe mich doch vollkommen im Griff und übte mich jahrelang darin, meine Reaktionen zu unterdrücken. Das kann ich mittlerweile perfekt – dachte ich bisher. Emotionen meinerseits zeigend, veranlasste andere Menschen dazu mich ständig zu verletzen.

Die Antwort auf seine Streicheleinheiten in meinen Augen erkennend, stöhnt er auf. Mit einem Kopfschütteln, der Versuch seine Bedenken nicht über Bord zu schmeißen, bückt er sich so weit nach unten dass er mich aufheben kann. Tritt dann mit mir auf seinen

Armen durch die Tür, gerade Mal so weit aufgedrückt, dass er sie mit einem Fuß zustoßen kann. Setzt mich auf den Boden ab, schließt sie hinter uns zu und flüstert mit einem um Verzeihung bittenden Ton: „Entschuldige, was ich jetzt tun muss ist pure Intuition."

Noch während er dies sagt, senken sich seine Lippen auf die meinen und verschmelzen zu einer Einheit mit ihnen. Ja und?

WOW!!!!!!!!!!!!

Alles um uns herum verschwimmt, wird unwichtig. Wir stehen oder besser gesagt schweben im siebenten Himmel während uns unsere Gefühle überrollen.

Was aus der Reinigung der Kleidung wurde?
Ich bitte sie, wer denkt bei den Gefühlsausbrüchen an Kleidung?

Nun, er ist mein Mann. Mit einer unendlichen Geduld und liebevollen Bemühungen dass es mir gut ergeht, lernte ich langsam ihm zu vertrauen. Wir ergänzten uns in gemeinsamen Interessen. Tolerierten die Macken des Anderen und liebten es beide, auf dem Motorrad unser Europa zu erkunden. Meist fuhr ich als Sozi mit. Für kürzere Strecken lieh ich mir eins aus und wir hatten viel Spaß auf unseren Entdeckungstouren. Eins ließ ich nie zu: bei mir durfte niemand auf dem Sozi sitzen. Die Verantwortung wollte ich mir nicht antun.

Liebe? Das war es von Anfang an auf beiden Seiten.

Schwer fiel es uns nicht, das zu erkennen. Im Gegenteil, in täglichen Kleinigkeiten zeigen wir uns diese immer und immer wieder. Hin und wieder spicken wir diese Gefühle auch mit Neckereien.

Wisst ihr was das Geheimnis richtiger Liebe ist?
Pst! Nicht weiter sagen: es sind die vielen Kleinigkeiten die man dem Partner angedeihen lässt. Sie sind es, die Liebe immer wieder aufleben lässt und dafür sorgt, dass sie nie verblüht. Auch im Alter, wenn der Körper durch kleine und größere Anzeichen seine Zipperlein preisgibt. Der LIEBE kann es nichts anhaben.

Mein Rat: lasst sie nie verblühen!

Aus dem Unhappy-End im Restaurant wurde ein lebenslanges, privates

Happy End!!!!!

Was haben Travestie
mit einem Kind zu tun?

Da heute Freitag ist, klingelt meine Freundin und Nachbarin Inge Oberst an meiner Tür und fragt mich: „Sag mal, Hedi, könntest du mir Zwiebeln mitbringen? Die sind mir leider ausgegangen."

„Kein Problem, Inge, das ist schon im Kopf gespeichert und wird erledigt."

„Bist du schon so weit?"

„Sozusagen. Ja."

„Wann wirst du ungefähr zurück sein? Nur so, damit ich weiß wann ich mir mein Mittagessen koche."

„Nun, da ich mir immer Zeit lasse und zuvor noch in der Bäckerei eine Weile bei meinem Kaffee sitzen bleibe, kann es schon bis zum frühen Abend dauern. Aber du kannst ja ein paar Zwiebeln von mir bekommen." Nicht lange gefackelt, begebe ich mich in die Küche und reiche ihr die zu."

„Danke. Die gebe ich dir später wieder zurück."

„Lass gut sein, das verkrafte ich schon."

„Gut, dann will ich dich nicht länger aufhalten. Mach´s gut und fahr vorsichtig."

„Ja, werde ich." Mit diesen Worten schließe ich die Tür. Nun, wie so oft vor meinem eigentlichen Einkauf, sitze ich in dem gemütlichen Clubsessel am rechten Tisch meiner Lieblingsbäckerei, die sich seitlich zum Eingang der Einkaufsfiliale eines bekannten Supermarktes befindet bei einem frischgebrühten Haferl Kaffee und der eigens für mich frisch gebutterten Brezel. So wie ich sie mag: dickbäuchig, dann ist sie lockerer, und Butter nur zum Löcher stopfen.

Nebenbei studiere ich eine der bereitliegenden Zeitschriften auf für mich interessante Artikel, die für mich evtl. zum Schreiben meiner vielen Vorhaben zu nutzen sein können.

Die Bedienungen sind sehr beflissen, die speziellen Wünsche der Kunden zu erfüllen und halten alles picobello sauber. Ein nicht unwesentlicher Faktor meines gerne hier seins sind die moderaten Preise. Geht man in die Cafés der Innenstadt legt man locker für Kaffee und Kuchen rund 1,00 € bis 2,00 € mehr auf den Tisch. – man rechne das bei einem wöchentliche Konsum auf das Jahr um, das ergibt summa summarum die stolze Summe von schätzungsweise 250,00 €. Diese Summe im Portemonnaie zu haben oder nicht ist es wert die durchlaufende Kundschaft zu tolerieren. Auch im Café muss man die ständig in Bewegung befindliche Bedienung sowie das nicht vermeidbare ein- und ausgehen der Konsumenten inclusive derer die nur auf die Toilette wollen akzeptieren. Interessant wird es, wenn Menschen – aller Altersklassen und Geschlechts – im Durchgang kurz verweilen und Gespräche führen. Das dürfte einigen Personen die Haare zu Berge stehen lassen, ahnten sie, in wieviel mehr Fremde von ihnen wissen zu glauben. Aller Wahrscheinlichkeit nach erführen sie Dinge, die ihnen selbst unbekannt sind. Was Leute über Leute zu wissen glauben und um einiges mehr ausschmücken im Weitererzählen, dies allein aufzuschreiben würde Bücher über Bücher füllen und hätte mit der eigentlichen Wahrheit nichts im geringsten zu tun.

Ein kurzer Blick von meiner Lektüre auf den Eingang gerichtet bemerke ich ein Paar –vielleicht - oder auch nicht, die Frage ist im Moment noch unbeantwortet. Sie geht nicht, sie schreitet mit majestätisch erhobenem Haupt sich bewusst in Szene setzend, dem Mann voraus. Ihre Haltung drückt ein angeborenes Selbstbewusstsein aus, das durch ihren aufrechten Gang von Kopf bis Fuß einstudiert, zum Ausdruck kommt. Sie wirkt auf mich wie von sich sehr überzeugt und ihrer Ausstrahlung gegenüber anderen Menschen durchaus bewusst. Nicht minder selbstbewusst folgt ihr der Mann, mit dem Einkaufswagen in der Hand.
Mein erster Gedanke bei deren Anblick: er ist ein Mann der ihr nur hilft. Mein zweiter Gedanke? Na ja, das ist ein bezahlter Gigolo, der alles für sie macht, solange sie ihn unterhält.
Was war dran an der Beobachtung? Erst einmal, nach ihrem sich in die Menge der anderen kaufwütigen Menschen in dem Geschäft begeben, legte ich diese Gedanken *ad acta* und widmete meine Aufmerksamkeit

wieder meinem Kaffee, bevor der erkaltet. Zwischendurch werfe ich kurz einen Blick auf die Uhr an der Wand über der Kaffeemaschine und stelle zufrieden fest, dass ich in Ruhe noch etwas verweilen kann. Meine Gedankengänge noch nicht richtig notiert, bemerke ich unbewusst das Wiedererscheinen des Pärchens.

Ein schneller Blick auf den Inhalt ihres Einkaufwagens lässt mich erkennen, meine Kategorie von Preiswertem enthält der nicht. Immer noch bewegte sie sich recht herrisch in ihrer Art, indes er brav wie ein Schoßhündchen den nun leicht gefüllten Wagen hinter ihr her schob. – Also doch ein bezahlter Lakaie?
Noch während ich bemüht bin die Beiden nicht aus den Augen zu lassen, bewegt sich die jüngere der Verkäuferinnen auf den Tisch neben mir zu um ihn von den Krümeln des letzten Kunden zu befreien. Die Zuckerdose, die Milchportionen im Schälchen und den Behälter für Zahnstocher auf die sauber ausgelegte Serviette zurückstellend, meint sie mit einem Blick zu mir: „Ein seltsames Paar ist das schon."
Den Gedanke hatte ich auch. Allerdings noch nicht zu Ende geführt.
Die Fragen in meinem Kopf kamen ohne darüber nachzudenken aus mir raus: „Was sind die Zwei jetzt? Ein Paar, bei denen sie die Geldige ist? Eine Frau die den Mann für seine Dienste zahlt? Sozusagen ein Gigolo? Kann es sein, das er in Verwandtschaft mit ihr steht und nur hilft?"

„Interessante Fragen", erhalte ich auf meine lauten Gedanken zur Antwort.

„Haben sie auch daran gedacht, das beide alte Bekannte sind die sich zufällig trafen und er bot ihr seine Hilfe an?" Zugegeben, diese Überlegungen könnte man jederzeit x-beliebig fortführen und doch zu keinem richtigen Ergebnis kommen. Sollte einen die Neugier weiter plagen, hilft nur eins: hingehen und sie höflich befragen. Nun, mich plagte die Neugier.

Fazit: ich erhob mich mit einem kurzen Zuruf zur Bedienung „Bin gleich wieder da!" und schwupp war ich aus dem Laden.

Behänden Schrittes ging ich auf die Personen meiner spekulativen Beobachtung zu: "Entschuldigen sie. Darf ich sie etwas Diskretes fragen?"

Nicht mal überrascht blicken mich beide mit einem Lächeln, das auch aus den Augen mir entgegenstrahlt an und der Mann fragt: „Um was handelt es sich?"

Noch bevor ich antworten kann, gibt sie mir eine verwirrende Erklärung dazu: „Oder besser gesagt, wir ahnen was sie fragen möchten."

He? Das kann ja wohl nicht sein. Oder?

Noch in meine Überlegung hinein erklärt er mir: „Ihre unausgesprochene Frage können wir kurz und schmerzlos beantworten: Wir sind Travestikünstler."

Erst einmal verschlägt es mir die Sprache, das wär mir nicht im Entferntesten eingefallen. Alles! Nur nicht das!

„Nun, wie wir sehen, fällt es ihnen wie vielen anderen außerhalb unseres Wirkungskreises schwer dies zu glauben. Was beweist, dass uns die Verwandlung hervorragend, wenn nicht sogar perfekt geglückt ist."

Endlich wieder mächtig meiner Stimme muss ich neidvoll zugeben: „Das kann man wohl sagen."

Der Mann, oder doch Frau? sucht in seiner Jackentasche und fördert eine Karte hervor. Immer noch das verschmitzte Lächeln auf dem Gesicht übereicht er mir diese und meint: „Sollten sie mal Lust haben uns in unserer Schau zu sehen, da steht alles wissenswerte darauf. Da können sie sich von unseren Künsten überzeugen lassen."

Bevor ich antworten kann, sagt die Frau, oder doch Mann? zu mir: „Besuchen sie uns doch bei Gelegenheit, unser nächster Auftritt ist in der Kulturhalle hier in Vilsbiburg. Wir laden sie hiermit herzlich dazu ein."

„Ja, und mit der Karte, die ich ihnen gab kommen sie zum halben Preis rein."

Noch völlig ratlos ob dieser ungewohnten Situation, stammele ich: „Puh, nun lassen sie mich von der Überraschung erstmal erholen. Natürlich komme ich gerne in ihre Schau."

„Waren sie schon mal in einer Travestischau?"

„Ja, das letzte Mal und auch einzige Mal in Deutschland war in Landshut. Damals traten Mary und Gordy noch zusammen in der Öffentlichkeit auf."

„Wie haben die ihnen gefallen?"

„Fantastisch. Das gesamte Publikum wie auch meine Familie waren außer Rand und Band. Aber das erste Mal sah ich eine derartige Schau in...? Moment Mal, da muss ich kurz nachrechnen. Ja das war Silvester 1965 in einem

Nachtlokal nahe der El Alamein Fountain am Kings Cross in Sydney."

„Wie? Sie waren in Sidney?"

„Ja, bin aber seit über 40 Jahren wieder in Deutschland."

„Wie lange waren sie denn da?"

„Sieben Jahre. Und das waren die schönsten in meinem Leben."

„Warum sind sie dann wieder hier?"

„Nun, damals dachte ich noch, dass man eine bereits zerrüttete Ehe doch noch retten kann. Diese Einbildung kostete mir viele Jahre an Demütigungen und vieles mehr. Zum Schluss schaffte ich dann doch den Absprung und lebe nach einer erneuten Pleite endlich glücklich und vor allem ALLEIN!"

„Das tut uns leid. Hatten sie keine Ambitionen nach Australien zurück zu gehen?"

„Oh doch, zweimal startete ich den Versuch. Das erste Mal ging es nicht, da meine Tochter sehr oft krank war und ich sie nicht in dem Zustand mitnehmen durfte. Zu den Zeiten war eine Pockenimpfung noch Pflicht in Australien. Ohne meine Tochter? Nein.
Nun, und das zweite Mal im Jahr 2000, da weilte meine Schwester für ein paar Wochen bei mir. Das entpuppte sich als ein komplettes Desaster, sie weigerte sich schlicht weg mir mit den Formularen zu helfen."

„Was ist das denn für ein Monstrum? Ihnen nicht zu helfen?"

„Ach wissen sie, heute denke ich mir zum Trost immer, der kann ich täglich von morgens bis abends auf den

Kopf trampeln. Sie lebt mit ihrer Familie weiterhin in Australien. Die wird dauerhafte Kopfschmerzen erleiden."

Sich des Lachens nicht verwehren können, meint er: „Na, sie sind ja humorvoll. Aber wissen sie was, kommen sie einfach mal in unsere Schau, geben sie die Karte der Wirtin, dann kommen sie frei rein; wir geben ihr Bescheid. Es würde uns freuen, dann können wir uns noch über ihre Ideen unterhalten."

„Das werde ich auf alle Fälle machen. Eigentlich kam ich auf sie zu, um von ihnen etwas zu erfahren und nicht umgekehrt. Das müssen wir unbedingt nachholen."

Beiden die Hand reichend gehen wir frohen Mutes jeder seiner Wege.

Na, da wird mein Kaffee jetzt aber völlig erkaltet sein. Mit einem nachdenklichen Gesicht komme ich an meinen Tisch zurück.

„Was haben ihre Nachforschungen ergeben?" möchte die Bedienung, genauso neugierig wie ich war, von mir wissen.

„Das glauben sie nicht. Keine unserer Überlegungen kommt der Wahrheit näher."

Im Nachhinein muss ich dann doch lachen.

„Ja, und? Was ist nun die Wahrheit?"

„Langer Rede kurzer Sinn, es sind Travestiekünstler."

„Nein!"

„Doch!"

„Das hätte ich nie erraten."

„Ich auch nicht. Da kann man mal sehen, wie wenig man die Menschen einschätzen kann."

„Wann treten sie denn auf und wo?"

„Demnächst hier in der Kulturhalle."

„Davon habe ich aber noch nichts gehört."

„Kann schon sein, es wird ja auch noch ein paar Monate dauern."

„Gehen sie hin?"

„Auf alle Fälle. Ich erhielt eine Freikarte, anschließend werden wir uns noch zusammensetzen, dann darf ich ihnen persönliche Fragen stellen. Bin schon richtiggehend gespannt darauf."

„Da muss ich die Zeitung in nächster Zeit studieren. Wenn mein Mann mitzieht, gehe ich da auch hin."

„Dann kann es sein, wir sehen uns mal unter privaten Bedingungen. Das würde mich freuen."

„Danke, mich auch. Sie sind eine zuvorkommende Kundin und immer freundlich. Sind sie eigentlich nie grantig?"

„Nie grantig kann ich nicht behaupten. Es ist nur nicht meine Art, wenn ich mit dem falschen Bein aufgestanden bin, es an anderen auszulassen. Die können wohl am allerwenigsten etwas für meine Missempfindung. Oder?

„Wäre schön, andere Kunden hätten die gleiche Einstellung. Manche meinen wir sind dazu da ihre Launen auszubaden."

„Denken sie sich nichts dabei, bleiben sie freundlich."
Tief Luft holend und leicht lachend erzähle ich ihr ein Ereignis aus meinem Berufslegen: „Wissen sie, vor nicht allzu langer Zeit hatte ich mal einen Kunden mit einer

Menge Beschwerden an der Strippe. Meinte der doch bei jedem zweiten Wort: „Wissen sie was mich dieses Telefonat kostet?"

„Wie lange dauerte das Gespräch?"

„Och, so 'ne gute dreiviertel Stunde", pruste ich nun laut los.

„Das ist nicht wahr? Oder doch?"

„Und ob. Das schönste allerdings war, hinterher meinte er versöhnlich: „Eins muss ich ihnen sagen, sie sind eine gute Zuhörerin. Hätte nicht gedacht, sie halten meiner Laune so lange stand. Respekt. Sagen Sie? Wollen sie nicht in meinen Betrieb einsteigen? Ich zahle ihnen auch mehr, egal was sie verdienen! Ist das ein Angebot? Wagen sie nicht nein zu sagen! Einen Firmenwagen können sie auch haben mit Versicherungsschutz und allen Unkosten dazu. Ist das ein Angebot? Da können sie doch nicht nein sagen."

Mich unterbrechend, meint sie: „Und? Haben sie zugesagt?"

„Nun. Nachdem ich endlich zu Wort kam, sagte ich ihm zu, seine Beschwerden an die zuständige Abteilung weiterzugeben."

„Kommen sie, machen sie es nicht so spannend. Haben sie zugesagt oder nicht?"

„Konnte ich nicht. Damals nicht. Hätte ich gewusst welchen Chef ich ein Jahr später vor die Nase gesetzt bekomme, die Entscheidung wäre anders ausgefallen."

„Allerdings", mit einem bedauernden Stöhnen ergänze ich meine Aussage, „mit kurzer Unterbrechung bei einem anderen Arbeitgeber wechselte ich zu meiner letzten

Arbeitsstelle. Dort verblieb ich für zwanzig Jahre und lernte noch zwei Berufe dazu."

„Wozu noch zwei Berufe dazu?"

„Vor Jahren lernte ich einen freundlichen Mitarbeiter kennen, der im Gegensatz zu meinem damaligen Chef sehr höflich und nett zu mir war. Eines Tages, wir unterhielten uns über alltägliche Dinge, erfuhr ich, dass er jüdischer Abstammung ist, obwohl er aus Rumänien zu uns kam. Sein Name hätte es mir sagen müssen, für mich sind das aber keine wichtigen Fakten. Ich mag einen Menschen oder ich mag ihn nicht. Nur das zählt. Schön wäre es, wenn viele Menschen so denken würden. – Jetzt schweife ich mal wieder vom Thema ab. Auf jeden Fall erklärte er mir, dass das jüdische Volk sehr viel von Vielseitigkeit im Berufsleben hält, dadurch macht man sich unabhängig von einem Betrieb. Die Wiedereinstellungschancen sind um einiges höher als mit nur einem Beruf."

„Das kann schon stimmen. Aber wie will man das als Frau mit Familie und Kindern schaffen?"

„Nicht leicht. Meinen Weg machte ich mit einem stetigen Leitspruch im Hinterkopf:

Hausarbeit ist Menschenarbeit
und nicht Frauenarbeit.
(Alice Schwarzer)

Es hilft einem schwierige Hürden zu überwinden, Gemeinheiten zu ertragen. Eins muss eine Frau sich im Klaren sein: Man muss bereit sein nachts zu lernen und zu arbeiten. Das obenauf zu einem Tagesjob, ohne den geht es mit Familie nicht. Unsere Großeltern, unsere Eltern und auch uns blieb und bleibt dies nicht erspart, will man im Leben mehr als nur eine sogenannte Hausfrau sein.

„Ob ich das könnte? Ich weiß nicht. Mit meinen drei Kindern habe ich schon zu tun, diesen Halbtagsjob durch zu halten. Obenauf noch Nachtarbeit, wenn auch im Haushalt? Ich weiß nicht", meint sie mich skeptisch anschauend.

Anerkennend stimme ich ihr zu: „Bei drei Kindern ist es bewundernswert wenn sie auch noch einen Halbtagsjob bewältigen. Da wird es schwierig auch noch nachts zu arbeiten."

„Es ist nicht leicht, aber wir wollen ja auch unser Haus so schnell als möglich abzahlen. Weiß man wie es in ein paar Jahren aussieht?"

„Das ist eine gute Einstellung und ich drücke ihnen die Daumen, dass sie es schaffen. Mein Respekt. Ich habe eine Tochter, da war es wohl um einiges leichter durchzuhalten. Aber, ich will nicht klagen. Ein geborener Workaholic wie ich es war, kennt keine Klagen, er macht stur weiter. Ich lebe heute gut und besitze eine stilvoll eingerichtete Miet-Wohnung. Einen Partner, der zu mir passt, ist in meinem Alter nicht mehr zu finden. Inzwischen liebe ich das Leben allein. Ich genieße es nur noch meinen eigenen Dreck putzen zu müssen. So viel wie ich dasitze und schreibe, oft viele Stunden am Stück, würde keiner tolerieren.

„Wollen sie wirklich keinen Mann mehr in ihrem Leben?"

„All die Annoncen die ich beantwortete. Mein Resümee auf das Kennenlernen der männlichen Spezies die in meinem Alter sind: Sie wollen jemanden der sie von vorne bis hinten bedient, ihnen wäscht und putzt und sie pflegt bei Krankheiten. Bis heute lernte ich niemanden kennen, der sich bemühte auch mir, und wenn es nur ein kleines bisschen ist, an Aufmerksamkeit zukommen zu lassen."

„Ist es so schlimm in dem Alter?"

„Noch schlimmer. Sie lügen schon in der Annonce das Blaue vom Himmel herunter."

„Haben sie in ihrem Leben so schlechte Erfahrungen mit Männern gemacht?"

Jetzt muss ich aufpassen! Bei diesem Thema könnte ich unendlich lange erzählen. Mein Buckel hat schon viel ertragen und durch eisernen Willen überstanden. Ich mache es lieber kurz.

„Eigentlich nur mit solchen Typen. Es scheint ein Stück Wahrheit daran zu sein „man zieht immer die gleichen Typen im Leben an" daher lasse ich künftig die Finger davon und amüsiere mich allein. Inzwischen genieße ich es: stellen sie sich vor, ich muss niemanden mehr sagen warum ich dies und jenes zu dieser oder anderer Zeit tue oder sage. Wenn ich jetzt will, stehe ich auf und gehe oder ich bleibe so lange, wie es mir Spaß macht. Herrlich! Einfach Herrlich!"

Lachend dreht sie sich um. Ihre Chefin verfolgte zwar unser Gespräch eine Weile, möchte aber dass sie ihr bei dem Einräumen der neuen Lieferung hilft: „Tschüss für heute. Wir sehen uns bestimmt öfters."

„Das ist gewiss. Immer wenn ich hier was zu erledigen habe. Spätestens sobald ich wieder meine Kontoauszüge bei der Bank ausdrucken muss."

„Na dann......."

Heute bekam ich eine Lektion der besonderen Art, Menschen nie voreilig zu beurteilen. Von meinen Bemühungen Menschen richtig einzuschätzen bin ich noch weit davon entfernt. Eins jedoch wurde mir klar: Ziehe nie voreilige Schlüsse. Erstens ist es oft anders und zweitens als man denkt.
Diesen Gedankengang durchdringt ein schreiendes Kind. Folgt man dem Klang, kommt dies aus dem Lebensmittelgeschäft.

„Nein, ich will das nicht! Ich will dieses hier!"
Das Gekreische des eigenwilligen Kindes im Geschäft nebenan, kann man nicht überhören. Es schallt bis nach draußen. Die Kunden am Tisch außerhalb der Bäckerei, mit Genuss ihre Zigarette inhalierend, werden ebenfalls aufmerksam. Der schnellen Drehung ihrer Köpfe in Richtung Laden, lässt diese Vermutung aufkommen.

„Du nimmst das oder gar nichts! Entscheide dich!" schreit die Mutter zurück. Der Ton klingt nicht nach erfolgversprechender Erziehung.

Der Stimme nach ist es ein Junge und müsste im Alter von fünf bis sechs Jahren sein. Okay, da ich eh noch einkaufen muss, kann ich mir die Geschichte im Laden anschauen. Und anhören? Das Geschirr ist schnell zusammengeräumt und auf der Ladentheke abgestellt.

„Nein! Das WILL ich nicht!" Dem Geschrei folgt ein heftiges aufstampfen mit den Füßen.
Oh, oh! Ein Machtkampf zwischen Mutter und Kind? Das habe ich mit meiner Tochter in dem Alter auch in einem Lebensmittelladen durchgestanden.
„Das muss ich mir aus der Nähe ansehen. Bis später dann", verabschiede ich mich von dem Servicepersonal hinter dem Tresen, bemüht mir meine Eile, getrieben von Neugier, nicht anmerken zu lassen.
„Viel Spaß!" ruft mir die Gesprächspartnerin von zuvor noch lachend hinterher.
Den werde ich wohl haben. Ob es die Mutter auch so sieht? Das glaube ich eher nicht.
Im Laden schnappe ich mir linksseitig einen Tragekorb – der reicht da ich nicht viel benötige.
„Etwas anderes gibt es nicht!"
Der schrillen Tonart der Mutter zu folge, ist sie nicht bereit dem Willen des Bürschchens nachzugeben.

Will ich dem Kampf aus nächster Nähe zusehen, muss ich ein Stück weiter zurück gehen, etwas links abbiegen, nach zwei weiteren Regalreihen wieder links marschierend erhalte ich einen freien Blick auf die Kasse. Gutes Timing. Der Bursche bringt es fertig durch Androhung seine Großeltern für sein Ziel anzubetteln.

„Doch! Dann frage ich Oma, die kauft es mir ganz bestimmt!" Mit Nachdruck Stampft er auf um seinen eigenen, starrköpfigen Kopf durchzusetzen.

„Kommt nicht in Frage. Du gehst heute nirgendwo mehr hin!" Konsequent nimmt sie das begehrte Stück und legt es in das Regal an der Kasse zurück.

Ein Moment der Stille tritt ein.

Viel zu ruhig.

Da kommt was nach.

Wetten?

Genau, ich muss nicht lange warten – und einige andere Kunden, die ebenso belustigt dem Machtkampf zwischen Mutter und Sohn, teils mit Kopfschütteln verfolgen, ebenfalls nicht.

Ein Stakkato seiner stampfenden Füße folgt mit einem Gebrüll, da sollte man sich eigentlich die Ohren zuhalten, könnte sein das sonst das Trommelfell platzt: „NEIN! NEIN! NEIN! Ich will DAS!" Dabei holt er besitzergreifend die zurückgelegte Ware wieder hervor und legt sie mit einem Knall auf das Laufband.

Sollte der Inhalt der Packung diese Wucht unbeschädigt überstanden haben? Eher nicht.

Ein Blick darauf belehrt mich: Es ist eine Packung Schokoladenlikörflaschen. Kein Wunder das die Mutter da nein sagt.

Ob er weiß, was in der Schokolade enthalten ist? Schätze mal nicht. Kinder mögen zwar die Zuckermasse über der Likörfüllung, den Likör jedoch nicht. In späteren Jahren meist mehr als sie vertragen. Aber so jung?

„Leg die Packung sofort zurück, und das ohne Knallen sondern behutsam. Machst du es kaputt, ist dein Taschengeld für die nächste Zeit gestrichen." Noch klingt sie ruhig.

Meine Hochachtung. Das Schaffen nicht viele Eltern.

„Dann sage ich Oma und Opa die sollen es mir kaufen." Den Widerspruch in seinen Augen erkenne ich bis hierher. Ganz so ruhig erwartete ich seine Antwort eigentlich nicht. Der wird doch nicht beigeben? Seiner Körperhaltung nach bestimmt nicht. DAS ist eher die Ruhe vor dem Sturm.

„Keine Chance. Die rufe ich heute noch an und kläre sie über deinen Terror hier auf."

„DANN RUFE ICH SIE AN UND SAGE DAS DU LÜGST!!!! Sein Ton überschlägt sich fast vor Wut und droht in Hysterie auszuufern.

„Mein Gott, was haben die an der Erziehung des Burschen falsch gemacht?" Diese Stimme gehört der Frau des Ehepaares neben mir. Der Mann stimmt ihr mit einem Nicken zu.

„Schätze mal nichts. Das hier ist ein normaler Machtkampf zwischen dem Wollenden Buben und der Nichtwollenden Mutter. Das erlebt jeder einmal im Laufe der Erziehung seines Kindes", gebe ich ruhig zur Antwort.

„Also, meine Kinder durften sich in der Öffentlichkeit nicht so aufführen", klingt die Frau erbost.

Streiten will ich mich nicht und belasse es dabei.

Das hat die Mutter gehört und fragt sichtlich genervt: „So? Wie haben sie das denn verhindert?"

„So jedenfalls nicht!" Antwortet sie wütend. Eine bessere Erklärung kann sie auf die unverhoffte Frage wohl nicht geben.

Was jetzt folgt, war absolut nicht vorauszusehen. Kommt der Kleine, mit feuerrotem und vor unverhohlener Wut verzerrtem Gesicht angerannt, holt aus und tritt der Frau mit all seiner Kraft voll an das Schienbein – höher kam er aufgrund seiner Größe nicht.

„Halten sie die Klappe! Sie haben meiner Mutter gar nichts zu sagen! Sie alte Schachtel sie!!!!" Schreiend holt er nochmal mit dem Fuß aus. Geistesgegenwärtig seinen Fuß mit meiner Hand abwehrend, kann ich dies verhindern. Verdammt, das hat echt wehgetan. Völlig überrascht durch meine Handlung, probiert er es nicht noch einmal.

„Ja, du unverschämter Bengel, du!" schreit ihn nun der Mann seinerseits an. Jessas Maria, jetzt läuft der ebenfalls puterrot an, holt mit der ausgestreckten Hand voll aus und versetzt dem Jungen eine schallende Ohrfeige, die sich gewaschen hat. So hart ausgeführt, das dem Jungen sein Kopf leicht zur Seite federt. Oh je, was wird DAS denn jetzt? Ein Kind darf man nicht schlagen, so hart schon gar nicht, und dann noch an den Kopf. Da stehen sich jetzt zwei Teufel gegenüber, vergleicht man ihre rot angelaufenen Köpfe. Ein Kind, okay. Aber wie kann ein Erwachsener sich dermaßen vergessen? Seinem Alter nach zu urteilen wird er nahe den siebziger Jahren sein. Da hat man doch gelernt sich zu beherrschen. Zumindest einem Kind gegenüber, da soll er doch als Vorbild dastehen und nicht als Rachegott. Würde er das meine Tochter antun, der würde keine Sekunde länger auf seinen Beinen stehen bleiben. Die Retourkutsche meinerseits wäre ihm gewiss, und das mit all meiner Kraft, so dass ihm hören und sehen vergehen würde.

„Mama! Mama! Der Mann hat mich geschlagen!" Weinend läuft er zu seiner Mutter.

„Das habe ich gesehen und kläre das gleich ab. Zuerst erklärst du mir, warum du die Frau getreten hast?" Mit eigenartig ruhiger aber bestimmter Stimme fordert sie ihn dazu auf.

Das kann nicht wahr sein. Oder doch? Ihr Kinde wurde gerade von einem Erwachsenen körperlich gezüchtigt. Sie bleibt ruhig? Sie näher anschauend erkenne ich, da kommt noch was hinterher.

„Weil sie dich angebrüllt hat!"
Bei dem vielen Gebrüll bekommt er garantiert über kurz oder lang eine heisere Stimme.

„Das mag sein. Es ist aber kein Grund andere Leute zu treten!"

„Warum nicht? Was geht sie das an, was ich will!" Er ist nicht belehrbar. Schaut man seine Gesichtsfarbe an, würde ich sagen sein Schädel platzt gleich vor Wut.

„Du gehst jetzt und entschuldigst dich bei der Frau."

„Nein! Nein! Nein!" Voller Wut tritt er an die Wand der

Kasse, erwischt aber einen Holm der Absperrschranke, der dazu dient, einen unbesetzten Kassenraum zu kennzeichnen.

„Du entschuldigst dich, und zwar sofort."

„Wenn nicht? Was dann?" Herausfordernd trotzig schaut er seiner Mutter in die Augen.

„Eine Woche Fernsehverbot, einen Monat kein Taschengeld und spielen mit den Freunden ist auch die nächste Zeit verboten."

Was auch immer alle erwarteten. Der Bursche steckt voller Überraschungen.

„Geh du doch und entschuldige mich. Ich mache das nicht!"

„Wie du willst. Du bleibst hier stehen." Seelenruhig kommt sie auf uns zu und schaut die Frau entschuldigend an: „Bitte entschuldigen sie meinen Nicky. Er ist momentan in einer absoluten Trotzphase. Hat er sie verletzt?"

Der Mann bückt sich und schaut das Bein seiner Frau an. Diese verzieht das Gesicht ein bisschen, als er an den Punkt kommt, wo das Bein sie traf. „Einen blauen Fleck wird es geben. Aber Abschürfungen sind nicht zu sehen."

„Das gibt eine Anzeige", erbost sich die Frau. „Sie geben mir sofort ihre Personaldaten."

„Es tut mir wirklich leid. Bitte lassen sie es dabei. Ich bin Alleinerziehend und kann mir keine Anzeige erlauben. Da wird das Jugendamt eingeschaltet und es könnte sein, das mein Nicky vorübergehend in eine Pflegefamilie muss. Tun sie uns das bitte nicht an?" Fleht sie nun inständig.

Oh je, jetzt begreife ich, warum sie so ruhig blieb während ihr Bub sie trotzig herausforderte.

„Komm Anna. So schlimm ist es nicht. Die Frau hat wirklich Angst um ihren Jungen. Stell dir vor, uns hätte einer früher die Drohung mit dem Jugendamt zugemutet. Nicht auszudenken. Drück ein Auge zu. Der Junge wird schon lernen, das er das nicht machen darf." Mit bittenden Augen schaut er ihr in das Gesicht. Möchte wetten, in seinem Hinterkopf schwirren die Gedanken, sich jetzt seiner im Effekt ausgeteilten Watschen an des Jungen Kopf bewusst, will verhindern, dass er seinerseits eine Anzeige erhält.

„Unsere Kinder haben so etwas nicht gemacht.", beharrt sie auf ihrem Recht, „da hätte es von dir eine gerechte Strafe gegeben. Du kannst doch den Jungen damit nicht durchkommen lassen. Er hat mich getreten. Mein Bein schmerzt jetzt noch."

Hat sie die Ohrfeige ihres Mannes vor Überraschung des Angriffs vom Bub nicht mitbekommen oder begreift sie nicht, was da auf ihren Mann zukommen kann?

Er schon. Mit bittender Stimme belehrt er sie: „„Ach Gott, Anna. Dafür haben sie andere verbotene Sachen gemacht. In dem Alter lernen sie sich durchzusetzen. Lass es gut sein. Es ist nur ein blauer Fleck. Daheim legst du deine Füße hoch und ich versorge es mit Liebe und einem Eisbeutel."

Allein bei dem Gedanken, muss sie lächeln und gibt nach: „Meinst du ich soll wirklich nachgeben?"

„Wissen sie was? Ich lade sie zu einer Tasse Kaffee ein",

erklärt die Mutter vom Bub, „ist das in Ordnung? Nehmen sie bitte an. Nicky wird auch ganz bestimmt brav sein." Dabei schaut sie ihren Sohn streng an und der senkt ergeben seinen Kopf. Ob ihm langsam klar wird, was er getan hat?

„Sollen wir?" fragt sie ihren Mann.

„Ja. Anna. Das ist ein faires Angebot."

„Mama", mischt sich nun der recht gelangweilt dastehende Nicky in das Gespräch ein, „bekomme ich nun meine Schokolade?"

Ne , ne? Das ist nicht sein Ernst. Der und geläutert. Bei Gott, ganz bestimmt nicht!

„Nein. Jetzt gibt es keine Schokolade, egal welche." Wendet sich die Mutter ihm zu.

„Sie wollen doch diesen Zinnober nicht wieder von vorne anfangen?" Entsetzt weicht die Frau einen Schritt zurück. Wohl in der Angst sie erhält nochmal einen Tritt.

„Darf ich mich da einmischen?" Mit dieser Frage schaue ich die Mutter des Buben an.

„Was möchten sie?"

„Würde es ihnen was ausmachen, wenn ich ihrem Buben einen Machtkampf anbiete?"

„Was soll das denn sein?" Die Frau und der Mann stellen recht irritiert die Frage an mich.

„Das ist nur eine Frage des Durchhaltens. Diesen Kampf führte ich früher schon mal mit meiner Tochter während solch einer heiklen Angelegenheit durch."

„Was wollen sie tun? Ihn schlagen?"

„Nein, keine Angst. Es wird für sie sogar lustig, wenn sie etwas Geduld aufbringen und vor allem lautes Geschrei ertragen können."

„Wir verstehen gar nichts." Das kann ich dem Ehepaar nicht verdenken. Solcherlei Erziehung haben sie früher nicht mal in Erwähnung gezogen. Da gab es keinerlei Diskussion, nur Befehle die die Kinder befolgen mussten.

„Darf ich ihren Sohn herausfordern?" Lächelnd und mit ruhigem Blick schaue ich der Mutter in die Augen.
Aus ihren Augen spricht mir nun Neugier entgegen: „Da bin ich ja gespannt, wie sie das machen wollen. Aber – gibt sie zögernd nach - okay."

Nun denn, der Kampf kann beginnen.

Auf den Jungen zugehend, der mir mit misstrauischen Augen entgegensieht, lächele ich ihn mit unschuldig dreinblickenden Augen an: „Nicky, so heißt du doch. Oder?"

„JA!"
Aha, noch immer Aufmüpfig.

„Sofort setzt er nach: „Wie heißt du?"

„Lilli Fee." Der Name dürfte ihm nicht unbekannt sein. Richtig. Er schaut mich nun neugierig an.

„So wie die Fee im Fernsehen?"

„Ja. Gefällt sie dir?"

„Na ja, ist halt ein Mädchen." Nicht sehr schmeichelnd für mich, diese Ansicht. Man bedenke, in so jungen Jahren bereits eine ausgeprägte Meinung über Mädchen. Ermahne mich, ruhig zu bleiben.

„Genau. Und deshalb schlage ich dir einen Wettkampf vor. Wir...."

„Was für einen?" Er lässt mich vor lauter Neugier nicht aussprechen.

Das ist was ich erreichen will. Seine Neugier.

„Pass mal auf. Du willst diese Schokolade. Habe ich es richtig mitbekommen?"

„Ja und? Was für ein Wettkampf?"

Mein Blick geht zu dem Laufband. Die Packung Likörschokolade hat die Wucht nicht gut überstanden. Geschützt durch die Folie über der Packung, kann die austretende Flüssigkeit nicht auf das Laufband kleckern. Eindeutig ist der Inhalt beschädigt.

Nebenbei gesagt. Eine zweite Kassiererin eröffnete, nach kurzer Verständigung über die Vorkommnisse, die zweite Kasse nebenan. Sie fertigt die Kunden ab, die nicht bereit sind dem Disput länger zuzuschauen bzw. zuhören wollen.

„Ja, die WILL ich", das Wort ,Will' stark betonend.

Und wie stark. Die ältere Dame fummelt an ihrem Ohr. Stellt sie ihr Hörgerät ab?

„Gut. Ein Vorschlag. Wir schreien um die Wette. Wer zuletzt schreit, hat gewonnen. Das heißt, wenn du gewinnst, kannst du diese Schokolade haben, ich zahle sie dir."

„Moment mal", mischt sich jetzt die Mutter ein, „sie können ihm doch nicht diese Schokolade schenken."

Beschwichtigend und mit einer Ruhe, die, ihr in die Augen schauend, auf sie überspringt, erkläre ich: „Den Kampf gewinne ich. Garantiert."

„Pah! Den Kampf gewinne ich", prahlt Nicky voller Überzeugung. Er ist sich sicher. Was will ein Erwachsener schon gegen seinen Willen tun? Der wird jetzt nicht mehr aufgeben.

Gut so. Das ist was ich bezwecke. Je geiler er auf den Kampf wird, desto eher überfordert er sich und kommt schneller aus der Puste. So sind Kinder nun mal. Beherrschung ihres Temperaments müssen sie auch noch lernen,

wie so vieles andere in ihrem künftigen Leben.

„Gut. Dann legen wir mal los." Ruhig schaue ich ihm in die Augen: „du darfst anfangen."

„Wie? Einfach so losbrüllen?"

„Ja. Einfach losbrüllen. So lange du kannst und ich mache mit."

Meinem Lächeln kann er nicht wiederstehen.

Das macht ihn Siegesgewiss. Er nimmt mich als Gegner nicht für voll. Ein gewieftes Bürschchen. Man soll es nicht glauben. Die Kinder von heute.

„Iiich Willl daas!" brüllt er los.

„Neiiin!" brülle ich meine Meinung dagegen.

Das stachelt ihn erst richtig auf. Eine Erwachsene, die in einem Geschäft mitbrüllt, hat er gewiss noch nicht erlebt. So hebt er seine Stimme noch eine Oktave höher an und brüllt was die Lunge hergibt.

Nicht minder laut halte ich dem Gebrüll meine Stimme entgegen.

Könnte wetten, unsere Stimmen hielten es fünf Minuten durch. Die Verkäuferin belehrte mich später, es dauerte ganze acht Minuten.

Nickys Stimme konnte dem nicht länger standhalten. Notgedrungen gab er japsend auf. Mit dem Gebrüll schon. Aber seine Wut, dass er verloren hat, brachte er damit zum Ausdruck, sich auf die Erde zu werfen. Zwar leiser, aber immer noch stimmlich protestierend, strampelt er, wild entschlossen seine Meinung durchzusetzen, betonend wild mit seinen Füßen um sich.

Ach Bürschchen, das kann ich auch. Fast hätte ich losgelacht, es erinnert mich an meinen Kampf zwischen meiner Tochter und mir früher. Da gewann ich haushoch und es gab nie wieder einen Terror an der Kasse von wegen ‚ich will das‘.

Mich langsam niederlassend, einen geeigneten Raum für meine Körpergröße zwischen den Kassen erlangend, strample ich nun ebenfalls los. Wohlweislich mit leiserer Stimme als Nicky. Meine Stimmbänder könnten sonst nicht mehr lange mithalten. Gottseidank wusste das der Bursche nicht.

„Ich WILL das!" kam immer weniger zum Ausdruck, die Stimme ließ ihn im Stich und die Beine konnten kaum noch strampeln. Krampfhaft versuchte er doch zu gewinnen. Immer wieder äugte er zu mir rüber, ob ich noch Strample. Und ob ich das tat. Letztendlich zahlt sich jetzt meine mehrfache tägliche Gymnastik aus.

In dieser Situation meinen wohl einige, ich sei eine Verrückte? Wie oft im Leben muss man dies im täglichen Überlebenskampf schon sein.

Da gibt es doch einen wunderbaren Spruch. Wie heißt der? Ach ja: „Der Zweck heiligt die Mittel?"

93

Mein Vorteil als Erwachsene, ich weiß meine Kräfte besser einzuteilen, zumal mein Wille wesentlich ausgeprägter gegenüber einem Kind ist.

Letztendlich muss er notgedrungen aufgeben: „Ich, ich, ich kann...nicht...mehr", so leise das man es fast nicht mehr hört. Seine Arme und Beine liegen flach auf dem Boden, sein Kopf ist immer noch hochrot angelaufen, sein Atem kommt in sehr kurzen Abständen, aber ansonsten geht es ihm gut.

„Bist du sicher? Dann gibt es aber keine Schokolade?"

„Nein. Keine Schokolade." Geschlagen und völlig außer Atem, dreht er sich langsam zu mir um: „Tante, wie machst du das?"

Wie soll ich was machen?" gebe ich mich ahnungslos.

„So lange schreien und strampeln? Du bist doch viel zu alt dafür."

„Nicky!" Seine Mutter ist entsetzt.

Lachend gestehe ich ein: „Lassen sie mal. Er hat ja Recht. Gegen ihn bin ich uralt."

„Ja aber, das darf er doch nicht sagen." Ganz einverstanden ist seine Mutter noch nicht.

„Lassen sie mal, so dachten wir in jungen Jahren doch auch. Oder?" Sie freundlich anlächelnd erwarte ich keine Antwort.

Sie gibt sie mir aber doch: „Na ja. Eigentlich haben sie ja Recht. Aber trotzdem muss er lernen, das man vieles denken aber nicht aussprechen darf."

„Lassen sie ihm Zeit dazu. Er wird es schon lernen."

Mich ihm wieder zuwendend, fordere ich ihn auf: „Komm erstmal hoch mein Junge."

Damit stehe ich auf und helfe ihn mit beiden Händen seine fassend, auf die Beine. Meine Kleidung putze ich etwas ab und er hilft mir meine Hose zu reinigen. Da habe ich wohl die Reste eines Kekses übersehen.

Lächelnd gebe ich zu: „Du kannst ja auch nett sein."

„Bei so einer tollen Tante? Immer!" Überzeugend klopft er sich auf die Brust.

„Na", lachen nun die paar Zuschauer, die das Spektakel teils schmunzelnd, teils mit einem missbilligenden Kopfschütteln verfolgten, uns zu, „so was haben wir noch nicht erlebt."

Eine Mutter meint: „Die Methode ist nicht so schlecht."

Einer will es genau wissen: „Hat das bei ihrer Tochter gewirkt."

„Und ob", gebe ich schmunzelnd zur Antwort, „die hat sich so für mich geschämt, da wurde das ‚ich will' nie wieder zum Thema.

„Hey, Tante", an meinem Hosenbein zupfend verlangt Nicky sein Recht auf Aufmerksamkeit. Überzeugt, dass er die Hauptperson war und ist, will er nun wissen: „Wo wohnst du denn? Kann ich dich mal besuchen? Mit dir spielen macht so richtig Spaß."

„Langsam Nicky. Zuerst wirst du die Frau um Entschuldigung bitten, der du vorher einen Tritt an das Schienbein verpasst hast. Zweitens wirst du deine Mutter fragen, ob sie damit einverstanden ist und drittens, dies war kein Spiel sondern ein Machtkampf." Mit ernstem Gesicht gebe ich ihm zu verstehen, das ihre Zusage davon abhängt.

Er hat begriffen und wendet sich an das Ehepaar, die bis

jetzt ausharrten: „Entschuldigung, ich wollte das eigentlich nicht. Meine Wut ist da Schuld. Versprochen, ich werde es ganz bestimmt nicht noch mal tun."

Wenn er will, kann er unschuldig wie ein Engel dreinschauen.

„Versprichst du uns, dass du so ein Geschrei wegen einer Schokolade nie mehr machen wirst?" Sein besänftigendes Lächeln kann der Mann bei der Aussage kaum verbergen. Er hat es jedenfalls als lustig aufgenommen.

Seine Frau fand es nicht ganz so lustig, aber auch sie gibt zu: „Dann will ich mal nicht so sein. Ich nehme deine ehrliche Entschuldigung an."

Noch nicht fertig, ergänzt sie: „Versprichst du mir, das du lernst deine Wut zu beherrschen? Dein Wille ist groß, da wirst du das doch schaffen. Oder?"

Nicht schlecht, diese Herausforderung an den Buben.

Er fällt darauf herein und protzt mit überzeugender Geste, seinen Brustkorb hebend: „Ganz bestimmt. Ich habe einen großen Willen und meine Wut werde ich schon die Meinung sagen. Da kannst du Gift darauf nehmen."

„Na, ja. Gift nehme ich da lieber nicht. Komm her und lass dich mal drücken."

Davon ist er nicht so begeistert, aber erkennt wohl: Das muss ich über mich ergehen lassen. Tapfer hält er der Liebesbezeugung der älteren Dame stand.

Zu seiner Mutter zurückgehend fragt er sie leise: „Mama, warum müssen alte Leute einen immer drücken?"

Laut lachend antwortet sie: „Weil sie nun mal Kinder lieben und das mit Umarmungen ihnen gerne zeigen."

„Darf ich die Tante mal besuchen? Die gefällt mir. Die ist richtig geil." Dabei zeigt er auf mich.

„Nicky", schimpft seine Mutter, „so was sagt man nicht."

„Aber das sagen doch alle Kinder." Davon überzeugt, dass es dann stimmen muss, schaut er sie flehend an.

„Das mag sein, aber ich möchte nicht, dass du so sprichst."
Recht überzeugend ist sie aber nicht.

„Lassen sie mal. Er hat Recht. Das ist die heutige Sprache der Kinder im Allgemeinen", mische ich mich in ihre Belehrungen ein.

Die Kassiererin möchte den Einkauf endlich verbuchen und tippt die von Nickys Mutter bereitgelegte Ware ein. Das ist schnell erledigt. – Ohne Schokolade, die bezahle ich und bitte sie, diese zu entsorgen.

Sie ist zufrieden und schmunzelt Nicky an: „Nun, junger Mann, keine Schokolade mehr?"
Nicht gerade clever von ihr. Es könnte seinen gerade erlahmten Starrsinn wieder hervorrufen.

Nicky indes nimmt es gelassen auf und sagt hoheitsvoll: „Nein, danke. Das ist nichts für meinen Bauch. Davon wird mir nur schlecht."
Ich erwähnte doch schon, ein schlaues Kerlchen.
Seine Mutter lacht und wir stimmen mit ein.

Mich anschauend meint sie: „Sie sind nett. Ich würde

sie gerne mit Nicky mal besuchen. Ihre Art der Erziehung könnten wir in einem Gespräch vertiefen. Da ist bestimmt noch Potenzial zu meiner Art vorhanden. Wir könnten unser beider Art der Erziehung und die daraus gewonnenen Erfahrungswerte bei einer Tasse Kaffee austauschen. Ist das Recht?"

„Das lässt sich machen. Dazu müsste ich allerdings ihre Adresse und Namen haben."

„Moment, da sie sagten, eine Einladung zu einer Tasse Kaffee zur Entschädigung, können wir das doch gleich nebenan in der Bäckerei nachholen und dabei die Adressen austauschen. Ich würde den Erfahrungsaustausch gerne mitgestalten", unterbricht uns der Mann des Ehepaares. Seine Frau ist dem auch nicht abgeneigt. Sie scheint ihre Meinung über den frechen Burschen geändert zu haben oder überwiegt ihre Neugier?

„Ja. Warum eigentlich nicht. Ich bringe nur noch das Eingekaufte in meinen Wagen, dann setzen wir uns zusammen. Was meinen sie?" Nickys Mutter schaut mich erwartungsvoll an.

„Nichts dagegen. Heute habe ich Zeit und Muße zur Genüge. Einen Kaffee vertrage ich auch noch."

„Mama?" bettelt Nicky, „die Sachen kann ich doch in das Auto bringen. Ich kann das schon!" Seine stolz geschwellte Brust zeigt er wohl gerne, der kleine Macho.

„Wenn du meinst. Schließ aber das Auto wieder gut ab. Hörst Du?" Ganz überzeugt ist sie nicht von seinem Vorhaben, aber er muss ja lernen. Dazu gehört vor allem ihr Vertrauen in ihn.

„Gibst du mir den Autoschlüssel?" Noch während er diese Forderung ausspricht, schnappt er nach der Einkaufstasche und schultert sich diese; fast wäre er seitlich eingeknickt. Tapfer bekämpft er dies und grinst freudestrahlend, als es ihm gelingt gerade da zu stehen. Mit dem Schlüssel in der Hand, eilt er davon.

Wollen wir mal davon absehen, dass er einige Male nach rechts oder links schwankt. Seine Haltung drückt aus „er ist der starke Mann seiner Mutter". Meine Methode scheint ihn beeindruckt zu haben.

„Das hat er noch nie gemacht. Ich muss schon sagen, ihre Methode wirkt, und dass nicht nur in einer Hinsicht. Das hätt ich mir nie getraut ihm aufzutragen."

„Haben sie das mit ihrer Tochter wirklich durchgezogen?" Skeptische Blicke des Ehepaars folgen ihrer Frage.

„Ja." Mehr ist nicht dazu zu sagen.

Geschlossen gehen wir zur Bäckerei vor und setzen uns an meinen Lieblingstisch. Die Clubsessel sind zwar etwas tiefer im Sitz gelegen, aber dafür sehr bequem.

„Nehmen sie doch Platz. Ich bestelle uns allen einen Kaffee." Uns dabei anschauend fragt sie sicherheitshalber nach: „Oder ist ihnen ein anderes Getränk lieber?"

„Nein, nein, Kaffee ist uns lieb", kommt die einstimmige Aussage des Ehepaares. Allerdings ziehen sie den Sitz auf der Bank am anderen Ende des Tisches vor. Zugegeben sitzt man da bei weitem höher und das Aufstehen fällt einem leichter.

„Für mich das gleiche, bitte."

Die herbei eilende Bedienung nimmt die Bestellung auf. Dennoch fragt sie noch nach: „Darf es auch was zu essen sein?"

„Für meinen Jungen hätte ich gerne eine Tasse heißen Kakao und eine Brezel."

„Hallo Mama, ich will eine...." Weiter kommt er nicht mit seinem ‚ich will', da hört er schon die mahnende Stimme des Mannes: „Das heißt nicht ‚ich will' sondern ‚ich möchte' oder auch ‚darf ich das haben? Und nichts anderes!"

„Entschuldigung. Mutti darf ich einen Kakao und eine Brezel haben?"

In dem Moment kommt unsere Bestellung an und er jauchzt los, als er das Gewünschte auf dem Tablett sieht: „Juchhu! Woher weißt du, was ich will. Eh, ich meine mag?" Sein fragender Blick zu mir drückt helle Freude aus.

„Sie hat deine Mutter gefragt", erklärt ihm die Bedienung.

„Da hast du aber noch mal Glück gehabt, sonst würde die halbe Brezel jetzt mir gehören", drohe ich ihm ob seiner Sprachverbesserung mit erhobenem Zeigefinger. Meine Stimme scheint nicht sehr überzeugend zu sein.

„Magst du denn eine halbe haben? Die gebe ich dir gerne", sagt es und bricht sie auch schon entzwei. Mit freudestrahlenden Augen hält er mir die etwas gequetschte Hälfte, aus der die Butter hervorquillt, entgegen.

Eigentlich wollte ich spontan ablehnen, aber dann nehme ich sie besser an. Er wäre bestimmt beleidigt und

der Erziehungseffekt läuft Gefahr einen Knacks zu bekommen: „Danke, das ist lieb von dir. Du benimmst dich ja wie ein echter Gentleman."
Strahlend ob dieses Lobs fragt er dann aber lieber nach: „Was ist ein Gentle....?" Er weiß nicht mehr weiter: „Wie heißt das noch mal?

„Gentleman. Das ist ein Mann der sehr aufmerksam einer Dame gegenüber ist und ihr hilft."

„Oh?" klingt es überrascht. Ganz verstand er es nicht, will sich aber keine Blöße geben.

Alle erhalten ihren bestellten Kaffee und Nickys Mutter bezahlt ihn gleich. Es wird eine recht nette Kaffeerunde. Das Ehepaar verabschiedet sich einige Zeit später von uns.

„Darf ich ihnen ihr Eingekauftes zum Auto tragen?" Nicky ist vollauf begeistert ob dem gelernten und will es sogleich noch mal anwenden.

„Aber gerne, mein Junge", tätschelt ihm die Dame über den Kopf und reicht ihm ihre Einkaufstasche. Diesmal hat er leichtes Spiel, das Ehepaar hat nicht viel eingekauft. Wie viele ältere Leute, gehen sie wahrscheinlich täglich zum Einkaufen. Ein liebgewonnenes Ritual, das ihnen ermöglicht aus der Wohnung zu kommen und andere Leute zu treffen.

Wenig später brechen auch wir auf. Zuvor werden noch unsere Adressen ausgetauscht, um bei der Gelegenheit einen Termin zu vereinbaren. . Zuerst wird ein Treffen bei Nicky und seiner Mumm gewählt. Es entwickelt sich eine angenehme Freundschaft und Nicky lernt seine Wut in den Griff zu bekommen.

Er besucht mich so oft es seiner Mutter gelingt Zeit aufzubringen ihn herzufahren. Einmal brachten ihn seine Großeltern mit dem Taxi zu mir. Auch sie kamen danach zu unseren Treffen mit. Alt und Jung vertragen sich, wenn der Wille dazu da ist. Im Lauf der Jahre konnte ich Nicky einiges beibringen und ihm vor allem Geduld lehren. Dies erreichte ich, indem ich selbst Geduld für seinen Lernprozess hatte und oft mit ihm in die Natur rausging. Sofern seine Großeltern gut zu Fuß waren, kamen sie uns begleiten.

In späteren Jahren verliefen sich diese Treffen. Die Zeit lehrt uns das Leben. Die Alten sterben langsam weg und die Kinder, inzwischen Erwachsen, vergessen gerne ihre Tante, die so viel Geduld mit ihnen hatte.

Glück im Unglück am Baggersee

Moment Mal, die Eltern mit dem Buben und Mädel die in diesem Moment das Gelände im Naherholungsgebiet „Gretlmühle" in Landshut erforschen, kenne ich doch. Sonnenbrille abnehmen, ein erneuter Blick: ach nein! Neue potenzielle Kundschaft für den Kiosk? Fehlanzeige, die haben einen Picknickkorb dabei; also Eigenverpflegung.

In eifriger Diskussion vertieft betreten die Familienmitglieder den Platz: Vater, Mutter und zwei Kinder, ein Junge und ein Mädchen, sowie die Schwester der Mutter – aus Gesprächen herausgehört. Die mitgebrachten Utensilien werden als erstes aufgestellt, der Picknickkorb auf die Seite abgestellt. Während die zwei erwachsenen Frauen die Picknickdecke ausbreiten nimmt der Vater das eigenartig runde Gepäckstück unter seinem Arm in die Hand, öffnet den auf der halben Rundung befindlichen Reißverschluss. Ein kurzes aber zügiges schütteln, zack, in Sekunden schnelle öffnet sich völlig selbstständig dies eigenartige Ding, im Nu. Wer sagt es denn, steht dort ein Iglu Zelt. Kein kleines zum reinkriechen, nein, Fehlanzeige dies ist für mindestens drei bis fünf Personen konzipiert.

Na, das ist eine praktische Sache. So lass ich mir zeltaufbauen gefallen. Muss ich mir sofort notieren. Bei der nächsten Shoppingtour in Landshut werde ich die Freizeitabteilungen im real, Kaufland und im ehemaligen Isar Center durchforsten, evtl. auch Norma, Aldi und Lidl. Jetzt ist Hauptsaison für Camping- und Freizeit, da führen die in ihren Angeboten immer wieder mal diese Artikel.

Die Gelegenheit für die Kinder zum Wasser runter zu rennen wird von beiden sofort genutzt; der Liegeplatz liegt etwas über der Wasseroberfläche. Das Mädel, so um die sechs Jahre, stolpert und fällt mit dem Knie auf einen achtlos weggeworfenen Kronkorken einer Bierflasche, der unglücklicherweise mit den Zacken der Innenseite nach oben zeigt. Sie brüllt wie am Spieß vor Schmerzen Die Mutter rennt zu ihr, hebt sie auf und ruft nach einem Arzt.

Glück im Unglück, die Wasserwacht ist heute am Platz anwesend. Gleich drei von Ihnen springen von ihrem Beobachtungsposten unter dem Überdach des Sanitärgebäudes auf und rennen um die Wette zu dem Mädel. Alle hatten als Wasserwacht des BRK, Landshut eine Ausbildung zum Sanitäter absolviert. Die Ersthilfe nahm der jüngere Sanitäter auf, die Sanitäterin beruhigte die Mutter und Hans, der dritte Sanitäter befragte den Vater bezüglich der Angaben zur Unfallaufnahme.

„Hans, wir müssen sie zur Sicherheit in das Krankenhaus fahren, sie hat seit Jahren keine

Tetanusspritze gehabt. Die muss auf alle Fälle nachgeholt werden und außerdem kann es sein, dass sie mit zwei bis drei Stiche genäht werden muss, die Wunde klafft ganz schön auseinander. Nicht zu glauben das ein kleiner Kronkorken so eine große Wunde verursachen kann."

„Mutti, ich will nicht genäht werden!" brüllt das Mädel wieder los.

„Keine Angst, der Doktor schaut sich das erst mal an, und wenn nötig merkst du nur einen kleinen Piks", ihr dies erklärend greift er neben sich einen kleinen Stock und drückt ihn ganz zart auf ihren Arm, „so, siehst du? Hat dir das wehgetan?"

„Nein. Aber das Knie tut so weh." Auf ihr Knie schauend heult sie sofort wieder los und schreit ihn an: „Doch, das wird wehtun, Du lügst!"

„Katinka. Beruhige dich doch. Wenn der Mann sagt, der Doktor im Krankenhaus ist super, dann wird das schon stimmen. Außerdem, du bekommst vorher eine Spritze, dann sind die Schmerzen sofort weg."

„Nein, nein! Ich will nicht!"

„Pass mal auf", mischt sich der jüngere Sanitäter jetzt ein, „wenn der Onkel Doktor dir wehtut, darfst du mich zwicken, so fest du kannst. Komm probiere es gleich mal aus", beruhigt er sie und hält ihr den Arm vor die Nase. Da Kinder auch kleine Sadisten sein können, packt sie sofort, wie kann es auch anders sein, mit der ganzen Faust zu und dreht ihm die Haut in einer für sie blitzschnellen Drehung des Handgelenks um.

„Au", tut er so als ob es ihm wehgetan hat und verzieht sogar den Mund etwas, ein guter Schauspieler ist er obendrein noch, die Augen rollt er demonstrativ mehrmals rundum und erreicht so ihre Aufmerksamkeit.

Sieh mal an, der kann mit Kinderpsyche umgehen. Geschickt manövriert er sie in eine andere Richtung, weg vom Schmerz. Hut ab, junger Mann, da gehört Feingefühl dazu. Ihn von oben bis unten fixierend, stelle ich fest, gut aus schaut er auch noch. Seine Freundin kann sich zu so einem Mann beglückwünschen. Hast du ein Glück das ich fünfzig Jahre älter bin. Könnte dir in die Quere kommen und ihn ausspannen –diese Art beherrsche ich zwar absolut nicht, was nicht ist kann man ja noch lernen.

Katinkas Aufmerksamkeit ist vorerst vom Knie abgelenkt, fragend schaut sie ihn an: „So fest ich kann? Wie oft darf ich das machen?"

„So oft bis der Onkel Doktor fertig ist, versprochen", vergewissert er ihr lachend.

Den Schmerz haben wir erstmal vergessen, die Neugier ist größer und lenkt sie vollkommen ab: „Wie heißt du denn?"

„Oh entschuldige Prinzessin, mein Name ist Jochen", gibt er zur Antwort während er scherzhaft ihre Hand nimmt und einen Handkuss darauf andeutet.

„Hi, hi. Das ist lustig. Mama hast du das gehört, ich bin jetzt eine Prinzessin", verkündet sie stolz und dreht sich zu ihrem Bruder um, dabei streift sie ihre Wunde am Knie: „Au, das tut immer noch weh." Sich zum Sanitäter zurückdrehend, während sie weiterhin auf der ausgebreiteten Decke sitzt, kullern winzige Tränen aus ihren Augen: „Kannst du nicht machen, das es aufhört weh zu tun?"

„Du alte Memme, das ist überhaupt nicht schlimm", mischt sich ihr Bruder, der sie immer mal wieder gerne neckt, ein.

„Doooch!" brüllt sie nun wieder los.

So ein Idiot, das musste jetzt nicht sein. Aber nicht verwunderlich, ist ja kein Kind mehr aber auch noch kein Teenager. Schwieriges Alter, speziell wenn man eine Schwester hat die wesentlich jünger ist.

„Sag mal, bist du von allen guten Geistern verlassen? Gerade hat der nette junge Mann sie abgelenkt, da bringst du sie mit der Aktion wieder zum weinen", tadelt ihn der aufgebrachter Vater.

„Und? Wenn es doch stimmt!" antwortet er trotzig und geht weiter vor sich hin murrend davon. Er hat es aber auch schwer, noch nicht ganz im Teenageralter befindlich fühlt er sich vollkommen unverstanden.

Im Begriff in den See zu gehen, höre ich zwar leise, aber für mich, die ihm am nächsten ist verständlich, wie er vor sich hin schimpft: „Blöde Ziege. Immer muss sie plärren. Das macht sie doch nur, weil sie der Mittelpunkt sein will. Mädchen! Pah, die sind doch alle blöd."

Wütend stapft er in das Wasser vor und „Autsch!" ausrufend schmeißt er sich ausgestreckt voll in das nasse Element. Keine gute Idee, das war eine klassische Bauchbombe. Heftig nach Luft schnappend kommt er wieder auf die Beine. Japst ein paarmal nach und rennt jetzt noch wütender in den See. Mit kraftvoll ausholenden Armen und wütenden Beinbewegungen schwimmt er davon.

Faszinierend. Beachtet man den Wellengang, der durch die Beine des Jungen ausgelöst werden, so erkennt man dass die zuerst stark aufsteigenden, kurzen Wellen während der Fortbewegung nach kurzer Zeit in immer sanftere, längere Wellenzüge übergleiten.

Da, die Eiderente, nicht weit vor ihm, sie hat den Kopf nach hinten in ihr Rückengefieder gesteckt, sie scheint relaxed auf der spiegelnden Wasseroberfläche zu schlafen. Das war zu erwarten, er schwimmt in ihre Richtung und scheucht sie auf. In ihrer Haltung aufrecht erkennt man dass sie schnell mit ihren Füßen paddeln muss, sie kommt in den Bemühungen ihm auszuweichen sehr zügig voran. Der Junge scheint immer schneller zu werden, in Null-komma-Nix ist er an ihr vorbei. Nicht allzu verschreckt, sie ist an heißen Tagen an einen durch Schwimmer überfüllten See gewöhnt, nimmt sie die Bahn zu ihrem vorherigen Standplatz auf. Schön anzusehen, der ist nun von den sanften langen Wellen leicht unruhig. Und die Ente? Betrachtet man es aus poetischer Sicht, könnte man meinen sie genießt das Schaukeln offensichtlich.

„Viel Glück beim abreagieren", gebe ich ihm in Gedanken mit auf den Weg. Mein Buch, in dem ich noch vor ein paar Minuten vertieft war, lege ich auf die Seite. Jetzt bin ich neugierig geworden obwohl das nicht meiner Art entspricht. Scheint eine temperamentvolle Familie zu sein. Lässig in den Stuhl zurücklehnend genieße ich meinen Kaffee während meine Augen zur Familie zurück schweifen.

Hey, was ist da los? Der Notarzt ist eingetroffen und behandelt die Kleine. So schlimm kann es dann wohl nicht sein, die Sirene hatte er im Auto nicht aktiviert. Zumindest hörte ich keine.

„Hallo, ich bin Dr. Schiewers, sie ließen mich rufen?" stellt er sich mit einem Händedruck vor.

„Schön dass sie so schnell kommen konnten." Auf ihren Mann zeigend stellt sie ihn vor: „Dies ist mein Mann Rudi Schmeller, mein Name ist Jolanda." Auf ihre Tochter zeigend, die sich wieder etwas beruhigt hat: „Und das ist unsere Tochter Katinka."

„Das bin ich", meldet sie sich und zeigt stolz auf den Sanitäter, „und das ist Jochen. Der sagt ich bin eine Prinzessin und du wirst mir nicht wehtun. Stimmt das?"

„Das stimmt. Du bist aber tapfer. Ich kenne Kinder die brüllen die ganze Zeit, das Machst du aber nicht. Habe ich Recht?"

„Nein, ich bin eine tapfere Prinzessin. Prinzessinnen weinen nicht."

„Das ist gut so. Aber jetzt mal zu deiner Verletzung. Wie ist das denn passiert?"

„Wir wollten nur zum Wasser laufen. Udo hat gesagt er ist zuerst da. Das wollte ich nicht und bin schnell gerannt. Da war so ein blöder Stein, über den ich auf mein Knie fiel. Plötzlich tat es ganz schlimm weh. Musst du jetzt mein Bein nähen? Aber du brauchst doch keine Nadel dazu. Das darfst du nicht machen, dann weine ich."

„Lass mich mal sehen", erklärt er und betastet die verletzte Stelle."

„Du darfst mir aber nicht wehtun, sonst muss ich den Jochen ganz fest zwicken."

Auflachend fragt er sie: „So, warum das denn?"

„Der hat mir versprochen, wenn du mir weh tust darf ich ihn zwicken. Das kann ich ganz, ganz fest, nicht wahr Papi?" wirft sie ihm einen bejahend heischenden Blick nach oben gerichtet zu.

Lachend pflichtet er ihr zu: „Ja, das kannst du. Ich laufe jeden Tag mit neuen blauen Flecken in die Arbeit."

„Aber das stimmt doch nicht, Papi. Ich zwicke dich doch nicht jeden Tag", ruft sie sichtlich empört.

Im gleichen Moment, der Doktor hatte in der Zeit des Schlagabtausch der beiden, das Knie gewissenhaft untersucht und ein Antiseptikum aufgesprüht, schrie sie auf: „Das brennt ganz schlimm! Du tust mir doch weh!"

Jochen, der an der anderen Seite von Katinka kniete, streckte spontan seinen Arm vor: „Du musst mich ganz schnell zwicken, dann ist es gleich vorbei."

Sofort ergreift sie mit der linken Hand seinen Arm und zwickt mit den Fingern ihrer rechten Hand für ihre Kräfteverhältnisse ganz, ganz, ganz fest zu.

„Okay, okay, Katinka, das reicht. Der junge Mann muss heute noch für andere Menschen, die in Not geraten, da sein", beschwichtigt Ihre Mutter die Bemühungen.

„Aber, Jochen hat doch gesagt, ich darf ihn so lange zwicken, wie der Onkel Doktor mir weh tut. Das brennt immer noch auf meinem Bein." Den Kopf zum Doktor wendend will sie wissen: „ eine Spritze gibst du mir aber nicht. Oder?"

„Weißt du, Katinka, auch Prinzessinnen bekommen Spritzen, wenn die Gefahr besteht, dass Dreck in die Wunde gekommen ist. Die Spritze heißt Tetanus."

„Das ist aber ein komischer Name. Te...Te...Nein, das ist zu schwer. Was ist denn da drin in der Te...?"

Lächelnd erklärt er ihr: „Die Spritze heißt Tetanus. Also einfach so", dabei auf seinen Mund zeigend, wiederholt er es, „Teta – nus. Teta – nus."

„Ah, ich weiß. Te ta nus."

„Ganz richtig. Also, da sind ganz viele kleine Helferlein drin, die wandern in deinem Körper mit Windeseile herum und suchen alle bösen Dreckkörner zusammen, verhaften sie dann und sperren sie ein. Beim nächsten Mal wenn du auf die Toilette gehst, schmeißen sie sie dort raus und lassen sie ins Toilettenbecken fallen. Was glaubst du passiert da drin mit ihnen?" Ohne das sie es bemerkt hat, sie war so abgelenkt durch die Geschichte, gab er ihr die Spritze in den Oberarm.

„Ich weiß es. Die ertrinken dann und sind tot."

„Wieso ertrinken?"

„Na, die können doch noch nicht schwimmen. Das müssen sie doch erst lernen. So wie ich. Papa hat schon viel mit mir geübt. Gestern sagte er, habe ich schon vier Mal alleine geschwommen. Ist das nicht toll?"

„Das ist ganz toll. Heute und morgen darfst du aber nicht mehr in das Wasser."

„Aaach, warum denn nicht?"

„Die Haut ist aufgeplatzt", auf ihr Knie zeigend erklärt er ihr mit sanfter Stimme, „die muss erst wieder verheilen. Erst wenn sie zugewachsen ist, kann kein Wasser sie wieder öffnen, sonst würdest du ja sofort wieder bluten."

„Na ja, das macht nichts. Dann gehen wir eben morgen in den Zoo." Sich der Zustimmung ihrer Eltern sicher, gibt sie noch altklug dazu: „Udo, wollte doch schon lange da hin."

„So, so. Hast du diesen Udo denn schon gefragt?"

„Aber Onkel Doktor! Udo ist doch mein Bruder. Sieh mal da hinten schwimmt er. Der kann nämlich schon schwimmen, weißt du. Den muss ich nicht fragen, dann weine ich halt wieder ein bisschen, dann sagt er schon Ja."

„Na, du bist vielleicht eine kleine Hexe. So benimmt sich keine Prinzessin, die fragt ihren Prinzenbruder erstmal", lacht Dr. Schmeller hellauf.

Ebenfalls lachend sagt Annegret, die bisher nur zuhörend daneben stand: „Oh doch, die weiß mit sechs Jahren schon ganz schön wie man das männliche Geschlecht manipuliert", sich nachträglich noch vorstellend erwähnt sie das sie Annegret heißt.

Äußerst überrascht blickt er auf: „Angenehm. Und wie stehen sie zu diesem Prinzesschen?"

„Entschuldigung, ich bin Katinkas Tante", auf ihre Schwester zeigend ergänzt sie, „Jolanda ist meine Schwester."

Momentan ist Katinka nicht mehr der Mittelpunkt, das gefällt ihr ganz und gar nicht: „Onkel Doktor, bekomme ich nun die Tetanus Spritze?"

„Katinka, die habe ich dir schon gegeben." Sein Lächeln fordert ihren Widerspruchsgeist heraus und so erwidert sie in eigensinnigem Ton: „Nein, Nein! Das stimmt nicht, ich habe doch keinen Piks gemerkt."

„Siehst du Katinka, ich habe es gesagt, der Onkel Doktor ist gut", auf seinen Arm zeigend fügt Jochen noch hinzu, „da freut sich jetzt aber mein Arm. Kein zwicken mehr."

Zum Arzt wendend fragt sie skeptisch: „Ist das wahr? Du hast schon gepikst?" Prüfend untersucht sie ihr Bein, auf das sie gefallen war.

„Aber ja doch. Du brauchst nicht zu suchen, die hast du in den Arm bekommen", erklärt er und zeigt auf den rechten Arm, „aber keine Angst, da sieht man auch nichts. Die Nadel ist so fein, da zieht sich die Haut gleich wieder zusammen und kein Wasser kommt da rein. Und glaube mir, ich habe ganz viel geübt, damit ich kleinen Prinzessinnen wie dir nicht wehtue. Was sagst du dazu?"

„Du bist klasse Onkel Doktor." Sich an Jochen wendend will sie wissen: „Kannst du das auch so gut?"

„Leider nein. Aber das lerne ich noch. Im Moment muss dafür mein Arm herhalten", lacht er sie an, „ hör auf den Onkel Doktor , kein Wasser für zwei Tage'. Versprichst du mir das?"

Gönnerhaft schaut sie zu ihm auf: „Das ist Prinzessinnen Eh eh eh . Mami, wie heißt das Wort?" ruft sie verzweifelt ihrer Mutter zu. Nicht sofort antwortend, sie ist momentan mit dem Aufsammeln der übrigen Teile der Binde für ihr Bein beschäftigt, mischt sich Udo ein.

„Ehrenwort!" sagt er ganz cool von oben herab. Niemand bemerkte, dass er vom Schwimmen zurückgekehrt war.

Seinen Eltern zugewandt fragt er: „Muss Katinka jetzt in ein Krankenhaus?"

Tröstend erklärt der Vater: „Aber nein. Der Doktor konnte alles hier behandeln. Es sah schlimmer aus als es wirklich war."

„Wenn ich die Kerle erwische, die so gefährliche Sachen rumschmeißen, die verprügle ich!"

„Das lässt du schön sein, das sind meistens mehr als einer", tadelt ihn sein Vater, „wenn überhaupt, dann gibst du mir Bescheid und ich stelle sie zur Rede."

„Da hat ihr Vater Recht. Mit angetrunkenen ist nicht zu spaßen." Sich von Katinka verabschiedend ermahnt er sie noch einmal: „Kein Wasser bis übermorgen, und dann auch erst vorsichtig. Besser deine Mama geht mit dir zum Anschauen vorher noch zu eurem Hausarzt." „Das ist mein Rat", verabschiedet er sich auch von ihnen.

„Herzlichen Dank für ihr Kommen. Wir werden selbstverständlich die Zustimmung unseres Kinderarztes einholen."

Das war Timing, genau in diesem Augenblick ertönt das Rufsignal seines Notruftelefons: „Ja, was gibt es?" Ein kurzes informatives Gespräch und er eilt zu seinem nächsten Einsatz davon.

„Muss der Doktor gleich zum nächsten Patienten?" will Udo wissen.

„Ja, das war ein Notruf. Er muss den ganzen Tag sein Notruftelefon eingeschaltet halten um dann auf dem schnellstmöglichen, aber auch sicheren Weg, dorthin zu fahren. Das ist sein Beruf als Arzt", erklärt die Sanitäterin.

„Muss er das jeden Tag machen?"

„Nein, alle Ärzte, die die nötige Erfahrung mit dem ganzen Körper des Menschen haben, werden dazu eingeteilt."

„Dann war vorletzte Woche der Einsatz des Zahnarztes bei unserer Oma richtig, obwohl sie doch Beinschmerzen hatte?"

„Ja, auch ein Zahnarzt hat die nötige Erfahrung, und wenn er sich im Unklaren ist, muss er den Notdienst auffordern, einen Krankenwagen zu schicken, die den Patient oder die Patientin in das nächste Krankenhaus befördern."

„Papa, dann müssen wir Oma aufklären. Die hat ganz lange geschimpft, was ein Zahnarzt über den Fuß eines Menschen schon weiß. Die war ganz schön sauer."

„Das stimmt, wir konnten sie dann aber überzeugen, dass der auch den ganzen Körper des Menschen kennt, schließlich strahlen die Zähne über das Knochengerüst in alle Gliedmaßen aus."

„Nun, Katinka, dann wünschen wir dir, das du schnell wieder gesund wirst. Wir müssen jetzt auf unseren Posten zurück, falls andere unsere Hilfe benötigen'", verabschiedet sich Jochen mit seinen Kollegen von allen.

„Halt", rufend wendet sich die Sanitäterin noch an die Eltern, „für das Protokoll zur Abrechnung mit der Krankenkasse benötige ich noch eine Unterschrift von Ihnen."

Kurz das Protokoll überprüfend, unterschreibt der Papa dann das Formular und sagt: „Dann noch mal herzlichen Dank für ihren schnellen Einsatz. Es ist schön dass ihr hier seid. Wie können wir uns erkenntlich zeigen?" will er wissen, dabei einen Betrag aus seinem Portemonnaie greifend.

„Nein, nein. Das dürfen wir nicht annehmen", weisen sie konsequent ab.

„Aber ihr werdet doch eine Gemeinschaftskasse haben. Oder?"

„Wenn sie es wünschen. Dort hinten auf der Bank, direkt an der Wand, steht eine Kaffeekasse von uns allen, die hier ständig im Einsatz sind. Davon finanzieren wir zu Weihnachten einen Teil der Feier."

„Na, dann zeigen sie mir diese mal."

Gemeinsam marschieren alle zur Beobachtungsstation hinter.

„Ach ja, ich sehe schon. Dann noch viel Erfolg und einen schönen Abend", sagt`s und spendet eine Summe, die zumindest aus Papier besteht.

Zurück bei der Familie, wird diskutiert über hierbleiben das die restliche Familie nacheinander auch schwimmen geht oder sofort heimfahren.

„Besser ist, Katinka steht jetzt erstmal auf und probiert ihr Bein aus. Der Doktor meinte ja, sie darf hierbleiben, aber nicht ins Wasser und Matsch", stellt der Vater fest.

„Weißt du Papa, ihr zwei geht jetzt ins Wasser. Wenn ihr genug davon habt, können wir nach dem Essen immer noch heimfahren."

Er wendet sich an Katinka: „ Wir beide spielen solange dein Lieblingsspiel. Bist du einverstanden?"

„Was für ein Spiel meinst du?"

„Na, dass Fische angeln, das haben wir doch dabei."

„Aber ich darf doch nicht in das Wasser."

„Nein, bist du D... Na, ja, egal. Wir haben doch das Kartenspiel dabei."

Au ja, das spielen wir. Mein Lieblingsspiel."

„Hab ich doch gesagt."

„Ihr zwei habt wirklich nichts dagegen einzuwenden, wenn wir für einige Zeit schwimmen gehen?" fragt die Mutter noch mal vorsichtig die Lage peilend an.

„Nein, nein. Geht nur schwimmen. Udo spielt mit mir."

„Okay, dann Tschüss ihr Zwei. Kein Zanken. Versprochen?"

„Ehrensache." Ausnahmsweise hat Katinka mal einen Grund im Mittelpunkt zu stehen." Geht nur."

„Danke dir, Großer", klopft ihn sein Vater auf die Schulter.

Voller Stolz über sein schon Erwachsen sein wächst er gleich um einige Zentimeter in die Höhe.

„Bist du jetzt mein Ersatzvater, bis Mama und Papa wiederkommen?"

„Quatsch, ich bin dein Spielkamerad."

„Wenn wir zurückkommen, gibt es Eis als Nachspeise", rufen beide Eltern, die bereits bis an die Knie im Wasser stehen, ihnen noch zu bevor sie untertauchen um kurz darauf wieder aufzutauchen und mit kräftigen Zügen sich gegenseitig einen Wettkampf liefern.

„Juch hu. Wir bekommen ein Eis. Ist das nicht toll?"

„Ja, hat sich dein Knie zu verletzen dann doch gelohnt." Praktisch denkend, der Bursche. Aus dem wird mal was.

„Ich nehme das bunte mit den drei Spitzen. Was nimmst du?"

„Das weiß ich noch nicht. Lass uns jetzt spielen. Ich mische, o.k.?"

„Ist gut, ich kann das noch nicht. Schummel aber nicht."

„Was soll das? Ich habe noch nie geschummelt."

„Doch, hast du. Ich habe doch gehört wie dein Freund Freddy behauptet hat, das du Schummelst."

„Ach der! Der sagt das doch immer, wenn er verliert."

„Zeigst du mir heute, wie du trickst? Ich will das auch lernen."

„Ein paar einfache Sachen können wir ja mal üben. Willst du jetzt gleich anfangen oder später?"

„Später, mein Knie pocht so komisch, da geht es nicht."

„Wie, dein Knie pocht so komisch?" will ihre Tante Annegret wissen, die bis jetzt daneben lag und in ihr Buch vertieft war. Im Gegensatz zu ihrer Schwester nimmt sie die Plänkeleien der Kinder gelassener hin.

„Ja, das tut nicht richtig weh, es pocht wie das Herz, verstehst du?"

„Ja. Weißt du, das sind die Helferlein der Tetanus, die haben ein paar Dreckkörner in deinem Körper gefunden und sperren sie ein. Das gefällt denen natürlich nicht, da klopfen sie an Knochenstäbe und versuchen wieder frei zu kommen. Wer will denn schon eingesperrt sein? Du vielleicht", fragt er sie mit einem schelmischen Blick der sie nun vollkommen von ihrem Problem ablenkt.

„Können die die Knochenstäbe denn kaputt machen?"

„Keine Angst, das passiert nicht. Kinder haben stabile aber biegsame Knochen, die brechen auch nicht so schnell wie bei Erwachsenen bzw. speziell von Älteren."

„Das ist gut, dann darf es ruhig pochen. Aber ein bisschen tut es doch weh."

„Wir können ja später, wenn wir zu Hause sind, nochmal das Spray aufsprühen."

„Nein! Das tut wieder ganz viel weh."

„Das heißt nicht ganz viel weh sondern ,es tut noch weh'."

„Aber doch nur den ersten Moment, danach ist es besser", tröstet ihre Tante sie.

„Könnt ihr jetzt aufhören von dem Knie zu reden? Wir wollen Karten spielen. Mann!"

„Du hast ja Recht. Ich lese schon weiter."

„So, also, erstmal gebe ich uns jeden acht Karten. Eigentlich sollen es ja zwölf sein, aber die kannst du noch nicht in einer Hand halten."

„Pass auf, das kann ich doch!" empört sich Katinka und reißt ihm einen Stapel Karten aus der Hand. Sie und das nicht können. Woher will er das wissen. Bisher durfte sie es nicht. Und nur weil er es ihr nicht zu traut. Pah!

„Spinnst du, jetzt muss ich noch einmal mischen." Bruder hin, Bruder her, das wird ihm zu bunt.

Sich nicht um seine Beschwerde kümmernd, steckt sie eifrig die Karten in einer Hand auf. Immer wieder fällt die eine oder andere Karte runter. Ach, es klappt doch nicht. Hier hast du deine Karten wieder."

„Ja, jetzt. Muss ich sie halt noch mal mischen", sagt es und sammelt die anderen Karten zu dem vor ihm liegenden Haufen ein. Erst einmal in der Hand, sind die schnell gemischt. Erneut zählt er aus: „Eins – Eins. Zwei – Zwei. Drei – Drei usw." Nach der achten Karte legt er die restlichen zwischen sich und Katinka in der Mitte aus; kurzer tipp an die Seiter und der Stapel liegt perfekt auf dem Tisch.

Seine Karten sind schnell in der Hand sortiert.

Katinka tut sich schwer damit: „Kannst du mir helfen, da fällt immer wieder eine runter."

„Weißt du was, wir üben heute erstmal wie man die Karten richtig hält. Was meinst Du?"

„In Ordnung."

Die nächsten fünfzehn Minuten bemüht er sich redlich, ihr die Taktik des Kartenhaltens beizubringen. Trotz Unbill ihr gegenüber, zeigt er jetzt eine enorme Geduld. Das Schwimmen scheint geholfen zu haben.

„So, wollen wir ein Spiel machen?"

„Ja, gut, ich…, kommt sie nicht weiter.

„Na, ihr seid ja besonders brav gewesen. Wir haben kein Gezeter gehört. Wir haben eine Runde gedreht, das Wasser ist nicht zu kalt und auch nicht zu warm. Jetzt können wir Essen, was haltet ihr davon?"

„Prima, mir knurrt der Magen schon ganz schön."

„Ja, und mir hängt er schon bis auf die Knie", wirft der Vater dazwischen. „Kinder, sammelt eure Karten ein, das Essen winkt."

„Das Essen kann doch nicht winken, Papa", lacht Katinka über diese ihrer Meinung nach lustige Ankündigung ihres Vaters.

„Und ob. Schau mal, der Korb wackelt ganz leicht."

Zu dem Picknickkorb schauend, lacht sie und sagt: „Das ist doch Tante Annegret mit ihrem Fuß."

„Ach je, und ich dachte das Essen will auf die Decke."

„Genug geredet, wie wär es wenn mal einer anpackt?" kommentiert die Mutter.

Katinka will aufstehen: „Au, das tut weh, wenn ich es biegen will."

„Komm", erbarmt sich ihr Vater, „ich helfe dir." Sie unter den Knie und die Arme packend, hebt er sie vorsichtig auf. „Geht es, Knuddel, Schnuddel?" fragt er sie zärtlich.

„Mama, Papa hat mich Knuddel, Schnuddel genannt. Was ist das?"

„Das bist du, mein Liebling. Als Baby hat Udo so geheißen und auch du. Gefällt das dir nicht?"

„Doch, das hört sich lustig an."

„Wie? Mich habt ihr auch so genannt?"

„Ja, mein Großer. Du hast es ganz besonders geliebt, wenn dein Papa dich so tröstete. Speziell nachdem du dir mal wieder wehgetan hast. „

„Das weiß ich aber nicht mehr.

„Ja, ich weiß. Leider vergisst man alles aus der Zeit als Baby. Wir Eltern finden die aber als die Schönste von allen Schönen danach."

„Okay, alles auf die Seite, jetzt kommt das Essen serviert", wirft Annegret ein, die während dem ganzen

Geplänkel das Gedeck verteilt hatte und nun die Schüsseln aus dem Korb holte. „Hier kommen alle die Köstlichkeiten. Habe die halbe Nacht gebrutzelt, um ein anständiges Picknickessen zu erstellen. Lasst es euch schmecken."

„Guten Appetit, allerseits", dann serviert sie die reichliche Auswahl: Schnitzel, Kartoffel- und Nudelsalat, gekochte Eier, bunter Salat, Gurkensalat, gebackene Fischfrikadellen. Toastbrot und Baguette.

„Dir auch guten Appetit", wünscht ihr ihre Schwester.

„Sag mal, wer soll denn das alles essen? Das ist ja für zwei Tage und mehr", wundert sich der Vater.

„Ach, macht euch mal keine Sorgen", meldet sich Udo großspurig, „wartet mal ab bis ich richtig loslege."

„Also, dass du einen gesegneten Appetit hast, wissen wir ja, aber das ist selbst für dich zu viel."

„Ja, wenn du danach ins Wasser gehst, kannst du nur über dem Grund entlang schwimmen, obenauf bestimmt nicht", lacht ihn seine Tante aus.

„Dann bist du Schuld, weil du alle meine Lieblingsspeisen dabei hast."

„Das weiß ich doch, hab ich auch extra für dich zusammengestellt."

„Wirklich? Nur für mich?"

„Ja mein Lieblingsneffe, nur für dich."

Seinem Gesicht sieht man den ganzen Stolz an. *Das Alles* nur für ihn? Schon ist er mit seiner Schwester wieder im reinen. Er ist wichtig!

Schaut hin, er ist schon wieder um ganze zwei Zentimeter gewachsen, das tut seinem Ego verdammt gut. Glückwunsch Bursche.

Während des Essens herrscht eine einheitliche Ruhe zwischen den Familienmitgliedern. Sie verspeisen genüsslich all ihre Köstlichkeiten. Eins mögen sie alle gern: eine kurze Pause nach dem Essen. Hernach ist ein jeder friedlich gestimmt und keiner Meutert, wenn es wieder mal heißt „Abräumen."
Die Sonne strahlt jetzt direkt ihren Platz an.
    „Kommt Kinder, jetzt holen wir uns ein Eis", verkündet die Mutter, weiter kommt sie nicht. Beide stürmen los.

Schau an, bei dem Wort EIS hat Katinka ihr Knie komplett vergessen, sie rennt tatsächlich hinter ihrem Bruder hinterher.

    „Welches Eis nimmst du jetzt?" will sie definitiv von ihm hören.
    „Lass mich erstmal die Karte durchschauen."
    „Sieh mal da oben, direkt in der Mitte, das mit den drei Türmen, das mag ich."
    „Du meinst das Dolomiti?"
    „Lesen kann ich noch nicht, aber wenn du mich hochhebst, zeige ich es dir."
    „Na gut, so geht es auch."
    „Schau, meinst du dies?" zeigt er erklärend mit dem Finger auf das gewünschte Eis.
    „Ja, genau das. Wie heißt es nochmal?"

„Dolomiti. So heißt auch ein Teil der Alpen. Ich glaube da wo die Italiener wohnen."

„Papa? Dolomiti heißt doch ein Teil in den italienischen Alpen. Stimmt´s?" fragt er den Kopf nach hinten über neigend, seinen Vater.

„Im Sinn richtig. Genau nennt sich die Region in den Italienischen Alpen ‚Dolomiten' und sind einer der höchsten Regionen dort. Der berühmteste Teil des Gebirges sind die *Drei Zinnen*. Gut gelernt, Udo. Respekt, das Fach liegt dir, oder?"

„Ja, Gebietskunde mag ich. Es ist interessant die Völker und ihre Heimat zu studieren. Aber jetzt möchte ich ein Eis haben."

„Welches?"

„Ich will das Dolomiti haben", ertönt die geradezu herrische Stimme der Kleinen. Sie steht mal wieder nicht im Mittelpunkt und muss das sofort berichtigen.

„Ja, das ist klar. Im Moment gibt es nichts anderes für dich."

„Fangt nicht an zu streiten. jeder bekommt sein Eis."
Sich an das Verkaufspersonal wendend, bestellt er das gewünschte Eis. Zahlt es anschließend und sie gehen zufrieden an ihren Platz zurück.

„Mama, mein Bein tut fast nicht mehr weh. Der Doktor hat mich fast gesund gemacht, die Tet ta nus Spritze hat bestimmt Millionen von Helferlein gehabt. Die arbeiten ganz toll da drin. Ich glaube ich merke gerade, wie sie nach dem Eis laufen, die haben auch Hunger."

Lachend gibt die Mutter zu: „Wenn du meinst, dann wird es schon stimmen."

„Hört mal her. Wenn ihr mit dem Eis fertig seid, räumen wir alles zusammen und fahren nach Hause", mischt sich Annegret ein.

„Och, ich wollte noch mal schwimmen gehen."

„Ich möchte auch ein bisschen ins Wasser."

„Aber Katinka, das geht nicht. Du hast doch gehört was der Doktor gesagt hat."

„Ja, aber, schau doch mal Papa, der Junge da, der hat einen Gips am Arm. Seine Eltern haben eine Plastiktüte darüber gezogen und zugebunden. Das geht doch mit meinem Bein auch."

„Warte mal, bin gleich wieder da", sagt´s und geht zum Kiosk rüber. Ein kurzer Disput mit dem Inhaber und er kommt nach kurzer Zeit mit einer großen Plastiktüte und einer „Tesafilm Rolle zurück.

„Leute, die Idee von Katinka war genial. Komm her mein Knuddel Schnuddel, dann wollen wir mal." Sie ernsthaft ansehend sagt er zu ihr: „Aber nur bis zur Hälfte unter dem Knie, nicht weiter, und nur mit Mama. Verstanden?"

„Ja, Papa."

„Versprich es."

„Ich verspreche es."

„Wehe, du folgst nicht."

„Doch, doch, ich mache nur dass was du sagst."

„Na, dann wollen wir mal. Setz dich hin, den Rest mache ich." Sagt es und handelt sofort. In kurzer Zeit hat er die Verpackung wasserdicht angebracht.

„Ab geht die Post. Alle folgen mir im Gänsemarsch", spricht der Papa in gespielt ernstem Ton mit Katinka auf dem Arm. Es geht die Böschung runter. Katinka vorsichtig in das Nass absetzen und die Mama nimmt Katinka an die Hand. Schließlich muss man erstmal sehen, ob die Tüte wirklich wasserdicht ist.

Nach kurzer Zeit das o.k. „Sie hält dicht."

Jetzt hält niemand Katinka mehr auf. Wagemutig trippelt sie etwas weiter in das Wasser. Schaut, dass es nur so weit am Bein hochsteigt, wie der Papa gesagt hat. Zentimeter um Zentimeter setzt sie Zehe vor Zehe.

„Halt! Nicht weiter!" befiehlt die Mutter, die sie verständlicher Weise nicht aus den Augen ließ.

„Aber Mutti, ich passe schon auf. Nimmst du meine Hand? Die Steine sind so groß, da kann ich stolpern. „

„Ist schon gut, mein Liebling. Ich passe auf dich auf."

Die Lebhaftigkeit dieses Mädchens hat einen Dämpfer erhalten. Was diese aber nicht davon abhält ihren Mund fleißig in Bewegung zu halten. Bewundernswert ist die Mutter, sie trägt alles mit einer sanften Gelassenheit.

Die drei anderen erreichen mittlerweile das entgegengesetzte Ende des Badesees.

Stimmgewaltig schreit Udo herüber: „Mama, ich habe es geschafft!"

Hans ergänzt sein Rufen mit: „Wir ruhen uns ein wenig aus Jolanda, dann kommen wir zurück!"

„Ist gut. Passt auf Udo auf!"

„Werden wir!"

„Mutti, wann kann ich dahin schwimmen?"

„Ach Süße, erst einmal müssen wir schwimmen lernen, dann reden wir noch einmal darüber." So hofft die Mutter Zeit zu gewinnen bis sie allein schwimmen darf.

„Du bist lustig, warum sagst du „müssen wir", du kannst doch schon schwimmen."

„Ja, mein Spatz, das stimmt schon. Was ich gerade sagte, in der Art lernst du später mal in der Schule sprechen. Das ist im Moment noch zu schwierig für dich. Als Erwachsene wirst du dann wissen, dass es sich ‚Sprachgebrauch' nennt. Aber jetzt zu deinem Knie, schmerzt es noch?"

„Es pocht, und wird jetzt auch ganz heiß."

„Lass mal sehen?" fordert die Mutter sie auf und geht in die Hocke, „ach du Schreck. Da läuft ja Schwitzwasser unter der Folie am Bein herunter.

„Ist das schlimm?" will Katinka mit weinerliche Stimme wissen.

„Keine Angst, das schauen wir uns ganz genau an. Lass mich erstmal die Folientüte entfernen, dann wissen wir es genau." Vorsichtig die Tüte abwickeln und den Tesa von der Haut lösend, sieht sie es sich von der Nähe an.

„Das tut gut, da schwitze ich nicht mehr so fest und das pochen wird auch weniger."

„Nun lass mich mal genau hinschauen, dazu musst du aber das Bein still halten." Sie inspiziert die Wunde auch gleich nochmal indem sie die Binde löst. „Nun das schaut aber mal gut aus. In ein paar Tagen kannst du wieder wie gewohnt rumlaufen. Noch ein Küsschen darauf, dann geht es noch schneller", sagt es und gibt ein zartes Küsschen auf das Knie.

Kichernd meint Katinka: „Mach noch mal. das ist kitzelig."

„Einmal oder zweimal?"

„Eh? Ist zweimal besser? Heilt es dann zweimal so schnell?"

„Aber sicher doch. Wenn nicht, kannst du mich schimpfen, dann hab ich nicht richtig geküsst."

„Aber Mutti, ich schimpfe dich doch nicht. Du bist doch viel zu lieb", sagt´s und streckt die Arme aus um sie zu umarmen. Das kam etwas impulsiv und schnell. Jolanda kommt ins strauchen und fällt nach vornüber. Mit der einen Hand hält sie instinktiv ihr Töchterlein fest, mit der anderen aber fällt sie doch soweit nach vornüber, das sie sich nur noch mit der Hand im Wasser auf dem Grund auffangen kann.

„Ja, sag mal, was macht ihr denn da?" Ihre Familie hat im gleichen Augenblick das Ufer erreicht. Blitzschnell greift Hans seine Frau am Arm und stützt sie ab.

„Puh, das war knapp. Danke dir."

„Und was war das jetzt?"

Papi, du darfst Mutti nicht schimpfen, ich bin schuld. Wollte Mutti doch nur einen Kuss geben und hab sie dabei umarmt, da ist sie gestolpert."

„So, so. Ich soll die Mutti also nicht schimpfen. Ja, dann muss ich wohl dich schimpfen?"

„Nein das darfst du nicht."

„Warum das nicht?"

„Na, ganz einfach. Wir haben doch alle zusammen gesagt, wer krank ist darf nicht geschimpft werden.

„Hast du noch mal Glück gehabt. Oder?"

„Mama! Wo hast du meine zweite Badehose? Ich friere langsam in der nassen Hose", ruft Uwe der die Tasche mit der Ersatzkleidung durchwühlte und nichts fand.

„In der vorderen Tasche. Pass aber auf, das dich die Hose nicht beißt."

„Hi, hi. Das ist lustig. Die Hose beißt. Kann die das auch, wenn er sie schon anhat?"

„Nein, Katinka. Das ist auch so eine Sprache der Erwachsenen, wie wir vorher schon erwähnten, das ist nur ein Sprachgebrauch."

„Das heißt, es ist ein Witz?"

„So könnte man es auch nennen", lacht nun Annegret. Sie kam gerade von der Umkleidekabine zurück. „Wollt ihr jetzt gleich fahren?" zum Himmel empor schauend, meint sie aber gleich, „eigentlich noch zu schade. Der Himmel hat sich vollständig aufgeklärt. Was meint ihr?" will sie, sich in der Runde umschauend, wissen.

„Also, abstimmen", gibt Udo seinen Senf dazu.

„In Ordnung. Machen wir es so: jeder der dafür ist, hebt die rechte Hand."

„Und wer nicht dafür ist, hebt die linke Hand", kommt schnell der Kommentar von Katinka dazu.

„Nein, das meinte ich nicht. Jeder der nicht dafür ist, hebt keine Hand."

Wenn es denn so sein soll. O.k. Ich bin einverstanden."

Also, wer ist dafür?" kommt der Befehl vom Vater und er schaut in die Runde. „Eins , zwei , drei . Dann muss ich wohl auch einverstanden sein. Was mache wir dann?"

„Also, Annegret kann lesen, Du schmust mit der Mutti und Udo spielt mit mir das Spiel weiter."

Ängstlich ist die Kleine nicht in ihrer Bestimmung. Sehr Selbstbewusst. Die Art und Weise wie sie miteinander umgehen, ist die Familie Intakt. Ist heutzutage nicht mehr so selbstverständlich. Schön zu erleben.

Für eine ganze Weile geht es ruhig einher bei der Familie´, dann erhebt sich der Vater und meint: „Kann ja schon mal das Zelt zusammenpacken, brauchen wir ja nun doch nicht."

Annegret meint: „Gute Idee, soll ich dir helfen?"

„Schauen wir mal. Eigentlich muss es ganz einfach sein." Sagt es und nimmt das fertige Zelt in die Hand.

„Leicht ist es schon mal. Also erst einmal zusammenklappen." Mit einer Hand hält er das Zelt und will mit der anderen es auf die Hälfte falten. „Verflixt, das hat aber eine Spannung drauf, kann man kaum mit einer Hand halten und es nochmal zu falten", schimpft er vor sich hin während dem er die zweite Hand bereits für das nächste Falten ausstreckte.

Oh je, das war wohl nichts. Dieses verflixte Ding stellt sich als äußerst widerspenstig heraus. ZACK. Wir sind wieder am Anfang. Ein bisschen verärgert schaut er jetzt schon drein.

„Verflixt, so geht es nicht. Annegret, schaust du mal in den Plan und sagst mir der Reihe nach wie es gefaltet wird?"

„Ja, klar. Einen Moment, den hole ich gleich." Auf die andere Seite rollend ergreift sie den neben der Decke auf dem Boden liegenden Plan. So, jetzt: „Also, das erste falten war richtig."

„Hab ich schon wieder, und weiter?" sagt er ungeduldig dazwischen.

„Hurra, das sieht schon gut aus!" ruft Uwe dazwischen, „das schaffst du schon."

„Ja, denkste", schimpft der Vater in dem Moment. Das Zelt ist wieder im aufgebauten Zustand zurückgeschnellt. „Mann, verflixt. Du musst den Plan falsch gelesen haben. Gib ihn mir mal", fordert er Annegret auf.

„Wenn du meinst. Bitte schön."

„Also, auf der Anweisung sieht das eigentlich einfach aus. Komm mal her, ich meine da müssen ein paar Stangen raus, dann geht es zum Falten besser. Sehe ich das richtig?" will er nun von Annegret wissen.

„Wieso fragst du mich? Du bist doch der Meinung ich lese den Plan falsch."

„Entschuldige, meinte es nicht so. Komm her und sei nicht gleich so beleidigt.

Mann, so nicht. Zuerst entschuldigen und dann gleich wieder niedermachen. Kapier es doch Junge. Das ist eine Frau, da klappt so was nicht. Ich muss sagen, jetzt werdet ihr langsam interessant. In Ordnung Buch, jetzt muss ich dich mal auf die Seite legen, die Geschichte wird spannend. Möchte schließlich nichts verpassen. Mir fehlen noch ein paar Begebenheiten für mein Buch.

„Na gut. Fangen wir also wieder von vorne an", lenkt Annegret, gutmütig wie sie ist, ein. Also die ersten zwei

Handschritte waren richtig, stimmt es?" will sie, ihn anschauend, von ihm wissen.

Seinen Kopf nun ebenfalls über den Plan gebeugt, stimmt er zu: „Was ist mit ein paar Stangen entfernen?"

„Keine gute Idee. Denk doch mal nach. Beim Auspacken waren alle Stangen drin und es entfaltete sich in Sekundenschnelle von allein. Das ist ja der Sinn und Zweck dieses Zeltes. Stimmt?"

„Ja. Und wie weiter?"

„Langsam, lass mal schauen, ob die ersten zwei Schritte richtig ausgeführt wurden." Eine kritische Untersuchung der bisherig erfolgten Faltung fällt positiv aus: „Ja, so stimmt es. Nun weiter. Ha! Ich hab´s, du musst es nicht in der längs wie bisher, sondern entgegensetzt zum Viertel einfalten."

„Na gut. Probieren wir es so weiter." Sagt es und handelt entsprechend. „Hey, du hast Recht, so bekommt es die Größe, für den Zeltsack."

„Benötigt ihr noch zwei Hände dazu?" drängelt sich Udo auf. Es kribbelt ihm in den Fingern, da zu helfen. Er hupft eine ganze Weile von einem Fuß auf den anderen.

„Weißt du was, du..."

Weiter kommt er nicht. Hat wohl seine Finger nicht fest genug zusammengehalten.

Also auseinander geht das Zelt schneller. Es steht jedenfalls wieder da wie am Anfang.

Jetzt würde ich sagen: „Aller guten Dinge sind Drei", natürlich nur so für mich.

Gelinde gesagt, sein Vater hat nicht allzu viel Geduld.

„Weißt du was, Junge. Jetzt machst du das mit

Annegret. Muss eh mal auf die Toilette. Sich abwendend ruft er noch: „Viel Glück!" und ist auch schon um die Ecke des Gebäudes verschwunden.

„Meint Papa das jetzt ernst?" will Udo von seiner Tante wissen.

„Denke ich mir mal. Wenn nicht, probieren wir zwei es halt mal. Wer liest die Karte und wer führt die Anweisungen aus?"

„Kann ich zusammenfalten? Nur zu deinem Schutz, das sah bisher danach aus, das man viel Kraft dazu braucht."

„Nett von dir. Machen wir es so. Also...", fängt sie an und erklärt ihm den ersten Schritt.

Klappt prima.

„Jetzt noch mal die gleiche Art falten."

Klappt auch gut. Sein zuschauen vorher hat was genützt.

„Nun entgegengesetzt falten, also von unten herauf. Pass auf, das die Stäbe nicht verbiegst."

„In Ordnung." Klappt ebenfalls. Bei ihm sieht es leichter aus als es sein Vater vorher ausführte.

„So. Und jetzt langsam. Schaut aus ob die Größe stimmt. Warte ein bisschen, ich hole den Verpackungssack und halte ihn für dich auf."

„Wie weit seid ihr denn?" Inzwischen ist der Vater wieder da. „Hey, sieht ja gut aus. Braucht ihr mich?"

„Ne, das kriegen wir schon allein hin."

„Udo", Annegret hält vor ihm den Sack auf, „jetzt stecke das Ganze, so wie es ist, hier rein. Aber vorsichtig bitte."

Einige Male hin und her gerüttelt, gestaucht und, wer sagte es, das Zelt steckt wieder im Sack.

Na ja, nicht ganz so dünn. Ein bisschen aufgeplustert schaut das Ganze schon aus. Aber immerhin. Es ist verpackt. Besser wie der Papa und ganz ohne schimpfen. Meinen Respekt hast du, Junge.

„Sag mal, wie hast du das geschafft?"
„Ach Papa. Ganz einfach: ohne schimpfen."
Jetzt lacht die Mutter und Annegret gleichzeitig los, Katinka sofort hinterher. Mehr oder weniger muss nun Hans auch mitlachen.
„Schon in Ordnung. Hervorragende Arbeit geleistet, mein Junge", lobt er ihn schulterklopfend.

Glauben sie es mir, es ist möglich, der Junge ist nochmal um zwei Zentimeter gewachsen ob dieses Lobs. Fast hätte ich jetzt auch angefangen zu lachen. Warum? Moment, ich habe es gleich.

„Papa, ich habe aber auch mitgeholfen. Krieg ich jetzt auch ein Lob?"
„Du?" Ungläubig fragen dies die Mutter, Annegret und Udo gleichzeitig.
„Ja, Ich habe die ganze Zeit still dagestanden und meinen Mund gehalten. Da haben die zwei in Ruhe arbeiten können. Ist das keine Hilfe?
Meint der Vater dann, sein Lachen unterdrückend: „Da hast du allerdings recht. Wenn du mal die Schnute halten kannst, das ist ein ganz dickes Lob wert." Auf sie zugehend klopft er ihr ebenfalls auf die Schulter: „Das war fein. Könntest du das in Zukunft mal öfter machen?"

„Aber Papa, das geht nicht. Wenn ich nicht rede, wisst ihr doch nicht ob ich alles richtig verstanden habe. Oder?"

Ob dieser Logik lacht nicht nur die Familie erneut, jetzt lachen auch einige der Badegäste mit. Mich inclusive.

„Na, da das geschafft ist, können wir es ja nochmal aufbauen um zu sehen, ob wir das wiederholen können."
Weiter kommt der Vater nicht, ein jeder boxt ihn empört an die Schulter und ein allgemeiner Aufschrei ertönt gleichzeitig aus aller Munde: „Spinnst du?"
Okay, okay. War ja nur Spaß", gibt er lachend klein bei. Lasst uns fertig zusammenpacken und heimfahren.
„War ein schöner Tag heute. Oder?" fragt er in die Runde.
„Und ob. Es war prima. Könnten wir demnächst mal wiederholen", stimmt Udo begeistert ein.
„Ja, Papa, das können wir", pflichtet ihm seine Schwester bei.
„Na gut, dann kommt alle mit", meint die Mutter. Schaut noch einmal in die Runde ob auch nichts vergessen wurde und marschiert
behände vorweg in Richtung Parkplatz. Wie im Entengang folgt ihr erst der Mann, der Bub und als Schwänzle hintendran, die Tochter. Der Bub geht ruhig hinterher, das Mädel, quirlig wie sie ist mit Hopsern von einem Bein auf das andere hinterher.

Allgemeiner Aufbruch am Platz tritt jetzt ein. Was ist los?

Ich meine, die Familie war recht amüsant. Ihr weggehen ist doch kein Grund es ihnen gleich zu tun. Das will ich jetzt aber wissen. Die Hilfe der Wirtsfamilie kommt auch und räumt die Stühle zusammen, nimmt die Blumen von den Tischen. Ist eigentlich immer nett, sie stellen eine leere Bocksbeutelflasche auf und stecken je zwei Seidenblumen hinein. Seit ein paar Tagen allerdings eine Blume und eine Deutschlandfahne.

Hach! Das ist es! Es ist Fußballzeit! Fast hätt ich mir selbst an den Kopf gefasst, das muss es sein.

Die Dame kommt auch zu mir und meint: „Sie können ruhig noch sitzen bleiben."

„Sagen sie mal, die gehen alle wegen dem Fußball, oder?"

„Kann schon sein, die meisten jedenfalls."

„Wer spielt denn heute?"

„Sie sind kein Fußballnarr? Oder?"

„Eigentlich nicht. Ich bin zwar mit vier fußballnärrischen Brüdern aufgewachsen, die haben sich auch redlich bemüht mir das Spiel zu erklären. Aber, ihrer Meinung nach, leider vergeblich. Meiner Meinung nach nicht. Es gibt genug anderes im Leben als Fußball. Meine Interessen liegen mehr im Kreativen."

„Mein Ding ist der Fußball auch nicht unbedingt. Aber einige Gäste lieben halt darüber zu reden."

„Spielt Deutschland gegen Brasilien?"

„Ja. Das erklärt natürlich alles. Das ist sogar gut, da sind die Straßen nachher wie leergefegt, komme ich schneller heim."

„Müssen sie denn weit fahren?"

„Kann man so sagen, um die dreißig Kilometer macht das schon aus. Aber ich fahre leidenschaftlich gern."

„Sie fahren jeden Tag die Strecke nur zum Baden?"

„Ja. Von meiner Wohnung aus muss ich, egal in welcher Richtung, zu den Seen mindestens dreißig Kilometer hinterlegen."

„Warum gerade hierher?"

„Nun, ich habe über dreißig Jahre in Landshut gewohnt, bevor ich wegen meines vergangenen Partners in seinen Ort gezogen bin. Seit einundzwanzig Jahren bade ich in diesem See fast täglich. Das ist meistens von Mitte Juli bis Mitte September. Dieses Jahr wird es wohl so um die vier Monate am Stück werden. Das passiert aber nur alle paar Jahre mal."

„Da sind sie aber fleißig."

„Es hält einen fit und das hier Sitzen und Lesen entspannt mich ungemein. In den Jahren als ich noch in der Arbeit stand, war das ein hervorragender Ausgleich zum Stress dort."

„Dann lassen sie sich nicht länger von mir stören."

„Macht nichts. Kurze Ablenkung tut auch gut."

„Dann viel Spaß noch."

„Danke und gutes schaffen noch."

Sie geht lachend davon.

Auf mein Winken ruft die junge Wirtin: „Komme gleich", Die Besitzerin sitzt dort an ihrem Stammtisch, der unter dem Vordach aufgebaut ist und raucht eine Zigarette.

„Lassen sie sich Zeit, ich habe sie jedenfalls."

„Sie schwimmen gerne?"

Diese Frage ist nach so vielen Jahren, ohne direkte Ansprache der Besitzer, überraschend für mich.

„Ja, schon. Das mache ich in der Saison fast jeden Tag. Früher nach der Arbeit und jetzt in Rente, jeden Tag. Natürlich nur, wenn das Wetter entsprechend ist."

„Was treibt sie dazu?"

Sie anschauend überlege ich kurz und sage, leicht lächelnd: „Nun, sie sind Raucher und ich bin eine Wasserratte."

„Ja, aber sie bleiben gesund dabei", kommentiert der Wirt aus dem hinteren Teil des Kiosk unsere Diskussion mit einem entsprechenden Blick auf seine bessere Hälfte gerichtet.

„Sollte man annehmen. Zumindest gesünder als rauchen, da haben sie recht."

„So, da ist ihr Kaffee."

„Oh entschuldigen sie, hätte ich sagen sollen. Eigentlich wollte ich nur eine Tasse. Ein Haferl voll hatte ich schon."

„Lassen sie mal, der kostet nichts. Muss ja dafür sorgen, dass sie heute das Fußballspiel nicht verschlafen."

„Na ja, das würde mir zwar nichts ausmachen, aber so viel wie dieses Jahr habe ich noch nie geschaut."

„Wir schauen schon, aber zuvor müssen wir hier klar Schiff machen."

„Dann lassen sie sich durch mich nicht länger aufhalten. Vielen Dank für den Kaffee."

Den trinke ich noch in Ruhe. Schaue mir das Umfeld des Sees an und wundere mich mal wieder, wie der in mir eine Ruhe erzeugt, die mich innerlich zufrieden macht. Lässt mich alle Unbill die mir in meinem Leben wiederfahren sind, leichter erscheinen. An den umliegenden Seen meines Wohnortes, die ich in den letzten Jahren aufsuchte, empfand ich es nie so intensiv wie hier. Der See ist nicht groß, doch genau das liebe ich so sehr. Ein Grund, das er auch schneller aufwärmt als die anderen und bleibt es auch länger. Dies verdankt er dem geologischen Umstand, dass er um einiges tiefer als sein Umfeld liegt. Die natürliche Umweltverschmutzung nimmt man in Kauf. Die Enten haben sich an mich gewöhnt.

Mein Schwimmstil ist sehr langsam. Sage immer zu anderen: „Jeder der neben mir herschwimmt säuft ab, so langsam bin ich." Stimmt aber auch. Heute weiß ich warum: Seit meiner Kindheit habe ich Sauerstoffmangel, auch ein Grund warum ich nicht schnell laufen kann. Wandern im Trott den ganzen Tag kein Problem, schnell, geht absolut nicht. Man lebt damit. Das langsame Schwimmen lernte ich von einer Freundin meines Schwagers, seitdem kann ich an guten Tagen auch stundenlang schwimmen. Schaffte es in früheren Campingzeiten am Chiemsee im Laufe von dreißig Jahren diesen einmal zu umrunden und dreimal quer zu durchschwimmen. Das ist allerdings gefährlicher als hier im See schwimmen. Die Skipper der Boote, egal ob Segelboot oder Ruderboot, achten nicht auf Schwimmer. Einmal passierte es nahe an der Herreninsel. Ein Segelboot, ziemlich großes mit dem aufgeblähten Segel vorne weg, versperrte die Sicht in seine Fahrrichtung. Der

Skipper konnte mich nicht sehen, das war mir bewusst. Ein schnelles untertauchen, und zwar ziemlich tief, denn Segelboote haben ja auch noch das Schwert weiter hinten unten dran. Bekommt man das in den Rücken, schlitzt es einen auf. Den Luftzug merkte ich noch auf dem Rücken: oh Mann, das war ziemlich knapp. Von da an schwamm ich nach passieren der Fraueninsel bis zur Herreninsel mehr zum Ufer hin.

Das waren Zeiten. Vor allem war ich besser trainiert. Je näher der Ruhestand rückt, des do fauler wird der Mensch. Hätte das nicht geglaubt, aber es entspricht der Wahrheit.

Epilog

Sie möchte so viel wie nur möglich von der Natur in sich aufnehmen. Sehen wie sie es schafft mit allen Katastrophen fertig zu werden. Wenn sie könnte, sie würde die ihr noch verbleibende Zeit in Gegenwart abändern um das noch verbleibende Leben zu nutzen ihre Vielfältigen Ideen in Machbares umzuwandeln.

Die Autorin

Christiane Schönfeld, Jahrgang 1944. Auf dem elterlichen Hof in Niedersachsen wuchs sie im Familienverband auf. Absolvierte die Pflichtschuljahre. Vom ersten Lebenstag an neugierig lebte sie von 1961 bis 1968 in Australien und heiratete dort. Ein Jahr später, in Bayern, konnte sie ihre Tochter in die Arme schließen – sie liebt sie innig. Nach erfolgreichem IHK-Abschluss zur Sekretärin und zahlreichen Weiterbildungen übte sie zwei Jahrzehnte in der Autozuliefer-Firma den Beruf der Sekretärin und Speditionskauffrau aus. Als Empfangssekretärin verblieb sie bis zum Rentenalter. Heute, im gesetzten Alter, fühlt sie sich berufen ihre Leidenschaft zum Schreiben literarisch umzusetzen.

www.Bod.de/buecher/christiane schönfeld

Christiane Schönfeld

Flüchtlinge

E-Book : Flüchtlinge /   Flüchtlinge II /
Flüchtlinge III / Flüchtlinge IV

Kurzinfo:

In den Nachkriegsjahren des Winters 1944/45 wurde per
Dekret den Kommunen zur Auflage gemacht Flüchtlinge
unterzubringen. Klingt irgendwie nach Vergangenheit
und doch wiederholt sich dieses Drama erneut. Jeder
kennt die tägliche Meldung von Millionen von Menschen
in der ganzen Welt auf der Flucht. Keiner will sie haben!
*Einziger Unterschied: In der Zeit des II. Weltkriegs
flüchteten überwiegend deutschstämmige aus
Ostpreußen und die Vertriebenen mit deutschem
Stammbaum aus Schlesien, Pommern, Brandenburg und
Polen. Angetrieben durch die ihnen im Nacken sitzende
Rote Armee, und dann von den Alliierten veranlasste
Vertreibung, um ethnischen Konflikten in Osteuropa
vorzubeugen; schätzungsweise zwölf Millionen Menschen
flüchteten um ihr nacktes Leben zu retten. Die große
Vertreibung kostete vielen den Verlust von Haus und
Hof, bescherte ihnen entsetzlichen Hunger und
Krankheit. Hinzu kommt, noch, das die Flüchtlingswelle
vor allem von Frauen, deren Männer im Krieg waren, mit
ihren Kindern und Großeltern in eisiger Kälte,
Dunkelheit und Nässe mit dem ständigen Begleiter "Tod"
hin bis zur Selbstaufgabe angetrieben, die Angst vor
feindlichen Übergriffen im Nacken, diese schwere Last
allein getragen wurde.

www.Bod.de/buecher/christiane schönfeld

144

Flüchtlinge

Mitten im Winter des II. Weltkriegs befindet sich eine Mutter mit ihren acht Kindern auf der Flucht von Ostpreußen nach Deutschland. Sie verliert in dem monatelangen, grausamen Kampf gegen die Sibirische Kälte, die Furcht vor der Roten Armee und dem täglichen Kampf gegen den Hunger ihre zwei jüngsten Kinder. Wenn sie Glück hatten, ließen Bauersleute sie in Ställen und Scheunen schlafen. Kam der Aufschrei "Die Russen kommen" dann mussten sich Frauen und Mädchen - wie oft auch junge Männer? – vor einer Vergewaltigung verstecken?

www.Bod.de/buecher/christiane schönfeld

Flüchtlinge II

Sie sind nur eine Familie unter Zigtausenden die um Unterkunft bitten. Viele Absagen und teils auch Beschimpfungen wie „Ihr Lumpenpack, macht dass ihr weg kommt" oder „Wollt ihr uns unser letztes Hemd vom Leib fressen?" mussten sie sich anhören. Bei anderen bekommen sie den Vorwurf „Damit ihr uns nachts bestehlen könnt?" Noch schlimmer traf sie der Vorwurf „Wollt ihr uns Läuse ins Haus schleppen?" – Sie hatten keine Läuse, zumindest nicht hier und heute; später erwischte es sie allerdings auch.

Weit außerhalb dieses Ortes schleppen sie sich durchgefroren, ausgehungert und mit letzter Kraft auf ein landwirtschaftliches Anwesen nahe einem Fluss. Die Zufuhr führt direkt an dem, obwohl zum großen Teil schon zugefroren, recht kräftig fließendem Gewässer entlang. Auch die tiefen Temperaturen mit dreißig Grad unter dem Gefrierpunkt schafften es nicht die Frostfläche komplett zu schließen. Wie es scheint wohnen hier drei Generationen zusammen und bewirtschaften den stattlichen Hof und die angrenzenden Ländereien gemeinsam. Sie haben keine Augen für die Spielobjekte wie ein wohl selbst geschnitztes Schaukelpferd, einer Ruhebank für die Älteren vor der Haustür und den Arbeitsgeräten die vor einem Schupfen stehen, dazu sind sie schlicht und weg nicht mehr in der Lage. Der Anblick der Kinder in Begleitung ihrer Mutter, die mehr stolpernd als gehend den Hof betreten, bleibt nicht verborgen...

www.Bod.de/buecher/christiane schönfeld

Flüchtlinge III

Übrig blieben nur die Kinder oben im Schober und mit einigen alten Leuten auch Martha mit ihren Kindern. Mit eisigen Blicken werden die Verbliebenen von den Offizieren gemustert, an Martha mit dem stillenden Baby im Arm ruhen sie kurz. Ihr stockt der Atem und ein heimliches Stoßgebet „Gott, hilf mir" flieht gen Himmel. Hat er es erhört? Es mutet ihnen wie eine Ewigkeit an, dann ertönt der Befehl: „Gut." Er dreht sich um und der Rest seiner Mannschaft folgt ihm. Starr vor Schreck, im Moment der Gefahr entkommen zu sein, verharren alle regungslos. Keiner traut sich auch nur einen Laut von sich zu geben, aus Angst die Soldaten kommen wieder. Kaum hörbar flüstert Kerstin unter ihren Brüdern hervor: „Mama, ich bekomme keine Luft, der Josef ist so schwer, kann ich raus?" Erschrocken und in noch leiserem Ton und Panik in der Stimme, sie kann dies nicht vermeiden, zischt Martha: „Nein. Nicht. Bis sicher ist das die Soldaten weit, weg weg sind. Keinen Ton mehr. Und du Josef schau zu das sie mehr Luft bekommt. Keinen Ton und kein Zucken möchte ich sehen und hören. Verstanden?" Ein einvernehmliches Nicken folgt Oben im Schober rühren sich einige Kinder und wollen runterkommen. „Bleibt hier!" folgt der Befehl eines älteren Mannes, der sich ebenfalls dort oben versteckt hielt. „Ruhig!" ertönt die piepsige Stimme einer Greisin. Verschreckt huschen die Kinder zurück. Adalbert schläft mit dem Mund an der Brust...

www.Bod.de/buecher/christiane schönfeld

Flüchtlinge IV

Mein Gott, das Mädchen friert ja entsetzlich oder zittert sie immer noch vor Angst? Die junge Bäuerin, sie heißt übrigens Mechthild, eilt zu ihr und nimmt sie sofort fest in den Arm. „Kind. Wo warst du denn? Wo kommst du her?" Das Mädchen kann nicht sprechen, sie sieht die Bäuerin an. Nur die Augen, mein Gott, die müssen entsetzliches gesehen haben. „Was ist passiert?" Nichts, keine Antwort. Jetzt beginnt es zu zittern, Mechtild schließt sie noch fester in die Arme: „Kind, wie heißt Du?" Die Kinderaugen lösen sich langsam aus dem Entsetzen: „Karin." Dann folgen erlösende Tränen, ja ein ganzer Wasserfall bricht aus dem Kind heraus. „Mei...mei...meine Ma...Ma...Ma...Mama li...li...liegt da dri...dri...drin. Sie...sie...ist...to...to...tot!" Sofort lassen die Männer alles liegen und stehen und rennen in die Scheune. Die Frauen trauen sich nicht hinein. Rudolf und die Männer kommen aus der Scheune. „Wir haben sie gefunden. Die Frau lebt, muss aber aus der Kälte raus", dabei schaut er Mechtild bittend an. „Was....?" Er lässt die Bäuerin nicht aussprechen und schüttelt unmerklich den Kopf. „Meine Kleine. Deine Mama ist nicht tot, aber schwer krank", sagt er mitfühlend zu Karin. Nicht zögernd eilt die alte Bäuerin mit einer Schüssel Wasser und ein großes Tuch über dem Arm gelegt, den Krückstock unter den Arm geklemmt, über den Hof. „Mutter!" schimpft Mechtild los, „du darfst nicht mehr tragen, das weißt du doch, und....". „Ach, papperlapapp, das ist doch Unsinn, du siehst doch das es geht." „Ist schon gut Mutter. Komm ich nehme dir die Schüssel ab, wir ...

www.Bod.de/buecher/christiane schönfeld